醉美文摘

Zuimei
Wenzhai

醉美
文摘

一路开花 陈晓辉／主编

感恩父母
亲情故事

煤炭工业出版社
·北京·

图书在版编目（CIP）数据

感恩父母　亲情故事／一路开花，陈晓辉主编．－－
北京：煤炭工业出版社，2018（2023.2 重印）
（醉美文摘）
ISBN 978－7－5020－7018－2

Ⅰ.①感…　Ⅱ.①－…　②陈…　Ⅲ.①故事—作品集—
世界　Ⅳ.①I14

中国版本图书馆 CIP 数据核字（2018）第 254971 号

感恩父母　亲情故事（醉美文摘）

主　　编	一路开花　陈晓辉
责任编辑	马明仁
编　　辑	郭浩亮
封面设计	宋双成

出版发行　煤炭工业出版社（北京市朝阳区芍药居 35 号　100029）
电　　话　010－84657898（总编室）　010－84657880（读者服务部）
网　　址　www.cciph.com.cn
印　　刷　北京飞达印刷有限责任公司
经　　销　全国新华书店

开　　本　710mm×1000mm¹/₁₆　**印张** 14　**字数** 220 千字
版　　次　2019 年 1 月第 1 版　2023 年 2 月第 4 次印刷
社内编号　9898　**定价** 46.00 元

目录
Contents

01
第一辑
Chapter One

02

第二辑
Chapter Two

03

第三辑
Chapter Three

04

第四辑

Chapter Four

第一辑

Chapter One

醉美文摘

Zuimei Wenzhai

住在心里的人，远在千里之外

▶ 文/杜智萍

> 在历史的长河中，有一颗星星永远闪亮，那便是亲情。
>
> ——谚语

一

小时候，我是跟着外婆长大的，父母都在离家很远的城市打拼。

上小学时，为了我能接受更好的教育，父母把我接到了城里。离别的那天，我又哭又闹，抱着外婆不肯松手，泪水濡湿了外婆的衣襟。外婆泪眼婆娑地哄着我，最后还是狠心地把我推给爸爸。

我上车后，妈妈一直搂住我，我却是拼命挣扎回头，想寻找外婆的身影，我看见她一边揉着眼睛，一边转身走进院子。我以为外婆不要我了，对她很生气。到了城里，我很长时间都不愿意给她打电话，但我又很想她。

城里什么都好，但没有外婆，我过得很孤单。虽然父母对我很好，但长时间的离别还是拉开了彼此的感情。我对他们总有些陌生感，做不到像在外婆面前时那样撒娇。

我在父母面前很懂事，或许是我从小比较伶俐，也比同龄孩子早熟，我用自己的方式掩盖了我的忧伤，也埋藏起自己对外婆的思念。

我以为这样安定的日子会一直下去，可是在我十三岁那年，已经在城里站稳脚根的父母却开始厌倦对方。在一次又一次的争吵后，他们决定分道扬镳。

我偷偷打电话给外婆，她一接起电话，我的眼泪就扑簌簌滑落下来。我哽咽地说："外婆，我爸妈要离婚了，你来接我回去吧，我不想呆在城里……"

外婆也在电话里哭，她的抽噎声清晰地传到我的耳畔，我就更加控制不住自己的情绪放声大哭。

二

外婆不能坐车，她连去县城都会晕车，但为了挽救女儿的婚姻，为了外孙女的幸福，她还是在一个本家堂叔的陪伴下千里迢迢地从农村赶来我们生活的城市。

外婆的到来暂时缓解了父母的婚姻危机，他们貌合神离地演戏，我却是真正开心。我早就不怪外婆了，我想念她还来不及。晚上和外婆睡在一张床上，我搂着她有说不完的话，仿佛就像小时候，那些只有我们两个人的日子。

几年时间，外婆明显老了。虽然只有六十多岁，但长年在田间劳作的

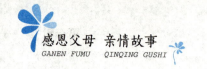
她却显得比别人更苍老，脸色暗黄、头发花白，连身子也佝偻了。外婆的眼睛很早以前就不好，我听妈妈说，她的眼睛是哭成那样的。

原来妈妈还有个哥哥，也就是我大舅，可我没见过他，连相片也没见过。如果不是妈妈告诉我，我根本不知道这事。那是在20多年前，刚从部队退伍的大舅，在返乡的路上，为了救一个掉进河里的孩子。孩子救上来了，而他却因为精疲力竭被湍急的河水冲走。找到人时，身体都已经泡得发白。妈妈那时只有十几岁，是外婆和外公一起去处理大舅的后事。因为大舅的意外逝去，外公受到严重刺激，疯了，后来掉进村里的一口水井淹死了。外婆遭受了一连串的打击，夜夜以泪洗面，就把眼睛哭坏了。

妈妈成了外婆的心头肉。后来妈妈结婚生下我后，又要外出谋生，就把我送到外婆身边，外婆就把所有的爱都倾注到我身上。小时候我不懂这些事，只是外婆对我的疼爱，我知道。父母给外婆的钱，她总是舍不得用，但花在我身上，她又很舍得。

在贫穷的农村，我总是穿比其他孩子更漂亮的衣服，身边的小朋友都特别羡慕我，而且有外婆护着，没有人会欺负我。那段无忧无虑的童年生活是我记忆中最美的时光。

外婆习惯忙碌，刚到城里时，她很不自在，但为了挽回我父母的婚姻，她努力让自己适应。初来乍到，外婆对装修高档的厨房，陌生的家用电器望而生畏，但才一段时间，她居然在妈妈的指导下很快就会熟练地运用了。尤其那个电高压锅，外婆刚来时，看见它冒气就会躲得远远的，可后来竟不怕了。

我夸外婆聪明。她却是答非所问地说："我不学会这些，呆在这儿有什么用呢？"外婆说话时，表情淡淡的，我不知道她到底是高兴呢，还是不高兴？

三

爸爸对外婆很客气，我感觉得出来，他很听外婆的话。倒是妈妈，常惹外婆生气，她们母女俩经常为一些鸡毛蒜皮的小事争吵，气得外婆泪水汪汪。

我很讨厌妈妈，每次都会帮着外婆："她是你妈，是我外婆，你怎么能这样对待她呢？"

单独相处时，外婆却会一个劲儿地在我面前说妈妈的好，夸她年少时聪明懂事。"你妈这人就是刀子嘴豆腐心，性格又倔，有什么不开心的委屈都憋闷在心里，从来不说。"外婆搂着我说，手一直轻轻抚摸着我光洁的手臂。

"我妈丁点大的事也要和您老人家争，真是没大没小，一点儿都不知道孝顺您。所谓孝顺，就是要孝敬、顺从，她做得一点都不好。我不学她，外婆，我对您好，一定都顺从您，再不会让您难过。"我对外婆说。

外婆笑了，她紧紧地搂住我："还是你最乖了！看着你就像看见你妈妈以前的样子。"

"外婆，我和我妈不同，我肯定不会让您伤心难过的。"

"你妈妈好强，她也有她的难处，你以后要好好对她，知道吗？你一定要答应外婆，对你妈妈孝顺，无论最后她和你爸爸是否能够继续在一起，他们都是你的爸妈。"

我不知道外婆是否已经有所感应，虽然她努力了，但在外婆返回老家的半年后，我父母还是离婚了。

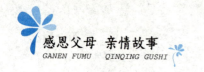
我哭着打电话给外婆，外婆在电话另一边也哭了。

我一直很生气妈妈对外婆的不孝顺，在他们离婚时，我选择了爸爸。没想到，离婚后，爸爸却带着我去了另一个城市，那里离外婆家更远了。

我很久没有打电话给妈妈，只是非常想念外婆，但外婆在电话中一再告诉我，让我有空时也要打电话给妈妈，说她非常想我。

四

过了很长时间，我才了解到父母离婚的主要原因，原来是爸爸有外遇，而妈妈不肯原谅他。妈妈是眼中容不下沙子的人，她宁愿选择离婚也不想凑合生活。

我试着打电话给妈妈，但常常是握住手机却不知道讲些什么，简单的问候后，我竟找不到多余的话，妈妈也不知道与我讲些什么，最后对我提起了外婆。外婆是我们共同的话题，只有说到外婆，我才有讲不完的话。我想知道外婆过得好不好？身体是否健朗？

已经有几年没见到外婆了，虽然电话一直有打，但我却没有勇气回去见她。外婆曾一次次恳求我要对妈妈好，但在他们离婚时，我还是毅然选择了爸爸，把受尽委屈的妈妈抛弃了。

爸爸重新组建了自己的家庭，他们还有了可爱的宝宝。虽然继母在爸爸面前对我很好，但我知道，她并不喜欢我留在那个家里。有很多时候，我都想重新回到妈妈身边，但我错过了与妈妈相依为命的特殊阶段，一年后，妈妈也另外组建家庭，还生了另一个女儿。

常常在寂寞的午夜，我泪湿枕巾。爸爸有自己的新家了，他们仨才是一家人，而我夹在其中是那么突兀；妈妈也有了自己的新家，她不再是我一个人的妈妈。我惶然不安,感觉自己被这个世界抛弃了。外婆呢?她还会要我吗?我当初没有听她的话,没有安慰过那时伤心的妈妈。妈妈是外婆最爱的女儿,我却对妈妈并不孝顺。

一直很想回去看望外婆,但又惶恐。我怕我们之间隔着太久的时光已经陌生了,我怕外婆恨我,怕她不再喜欢我,不再爱我。我有很多的担心和害怕,一直过得郁郁寡欢。我想念外婆,想她时,心会疼,会有丝丝的痛在身体里蔓延。

住在我心里的人是外婆,她却远在千里之外。望着窗外飘飞的落叶,我的思绪莫名地游离,我又想起外婆。想起外婆苍老的面容,想起外婆抱着我时温暖的气息,想起童年时和外婆独处的美丽时光……眼角渐渐濡湿。

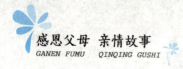

账本里的日记

▶ 文 / 安一朗

> 　　作为一个父亲，最大的乐趣就在于：在其有生之年，能够根据自己走过的路来启发、教育子女。
>
> ——蒙田

一

　　9岁那年，为了让我上好些的学校，爸爸带着我从边远的小镇来到了县城，住进了继母家。

　　继母的前夫和我的妈妈是在同一场车祸中遇难的。在向肇事司机索赔的过程中，她和爸爸频频接触。或许，他们的感情也是在那些日子里建立起来的。一年后，他们组成了一个新家。

　　继母帮我买了新衣服和新书包，虽然她对我很好，但我始终有一种寄人篱下的感觉。我不敢再向爸爸撒娇任性，我知道爸爸不再仅仅只是我自己的爸爸了。

爸爸在沿街的房子里开了间摩托车维修店。那间店原先是继母卖水果的，后来她就把水果摊摆在维修店门外。每天中午和傍晚，水果摊生意好时，父亲也会帮忙收钱，他们两个配合得很默契。

看见他们乐得合不拢嘴时，我心里就很难过。他们在一起后，爸爸再也没有像过去那样对待我。于是，我开始排斥她，因为她夺走了属于我的幸福。她还有一个女儿，我叫她姐姐，但我并不怎么和她说话。

9 岁的我已经明白什么叫孤独。

二

如果这样的日子能够平淡地过下去，我想有一天我会接受她。

然而，不到一年，也就是我 10 岁那年的冬天，爸爸骑摩托车去批发水果时出了车祸。当我赶到医院时，爸爸已经闭上了眼睛。

我的大脑一片空白，惊愕中，连泪水都不会流，接着眼前一黑就晕了过去……

继母绝望的号哭声惊醒了我，她紧紧地抓着爸爸的手不肯松开。看着惨白的床单，灼目的血迹，我才确定爸爸再也不会回来了。泪水终于决堤般涌出，我悲痛欲绝地扯着那个女人的衣服，哭喊着：“你还我爸爸！”

街坊邻居也在背后指指点点地说她是扫帚星、克夫命，所以，从那时起，我便在心里记恨她。

夜里，我常常躲在被窝里偷偷哭泣。

我更加沉默，做事也更加小心翼翼，我想她随时都可能赶我出门。

果然，爸爸去世不久，有一天继母冷冰冰地说：“家里养不起闲人，

要吃饭就得干活。"

我不敢面对她那冰冷的眼神，更不敢流露出任何不满。姐姐负责煮饭，我每天放学后则到水果摊帮忙，我只希望她不要赶我走。

每次到水果摊帮忙，她都要数落我一番，不是嫌我动作慢，就是骂我做事毛手毛脚。我低着头，抿着嘴，不敢争辩，只是在心里更加记恨她。

三

一次我去水果摊帮忙时，听到一个邻居正劝她把我送走，说我不是她亲生的孩子，她没义务养我。

"我也不想养他，可是我能怎么办？他亲生的父母都不在了，总不能让他流落街头吧。"她说得很无奈。

原来，我只是她甩不掉的包袱。

她的真面目也一天天显露出来，姐姐考上初中后，每天煮饭的任务就轮到了我。同时，她还提出了一个不近人情的要求：我每次考试都得考第一名，否则，就要跟她回家卖水果。我知道她是故意为难我，找借口让我退学。

我怕她让我退学，课堂上不敢有丝毫的懈怠，放学回家，完成她规定的家务活后就认真学习。

期末考试，我考了第二名，得到了老师的表扬，只是我高兴不起来。我的不安引起了老师的注意，她询问我原因时，我一五一十地说了。

"怎么会有这样的母亲？太苛刻了！"老师愤愤地说，最后，她还特意陪我回去见了继母。

"他真想读书的话，就得给我考第一，要不就不要读了。"继母的语气很冰冷。

"可他已经很努力了，考得也不错！"

"很努力？为什么别人可以考第一？"继母冷漠地反问。

……

"那就看在老师的面子上，再给他一次机会吧。"

看着她那张冷漠的脸，我知道自己只能全力以赴了，要不，她真会让我辍学的。

此后，我的成绩一直稳居全班第一。

四

升初中时，继母又发话了："只有考上一中，你才能继续读书！"

我最终以学区第一名、全县第三名的成绩考上了一中。

我满心欢喜地把录取通知书递给她时，以为她会表扬我几句。毕竟我为她挣足了面子，街坊邻居都夸她教子有方，说她是最好的继母。

她只是瞥了我一眼，挖苦道："不就是第三名吗，有什么值得欢天喜地的？你不知道你姐这次又考了全校第一吗？她的作文还在市里获了奖……不过，这个读书机会是你自己争取来的，我会兑现。"

我的心一阵阵刺痛，我知道无论我如何努力，她始终看轻我。

我把自己关在房间里，拿出夹在日记本里的父母的照片，泪水终于肆无忌惮地流下来。我暗下决心，一定要努力，不能让她的阴谋得逞了。

我上初一时，姐姐上初三。继母说姐姐面临中考，学习紧张，得买辆自行车。她还说，我是男孩子，力气大，每天得负责载姐姐上学放学。我愿意载姐姐，但不能接受继母那命令式的口气。

最后，成绩优秀的姐姐却报考了幼师。

我不解。我曾听姐姐说过，她要读高中，然后考复旦大学。那段日子，姐姐总阴郁着一张脸，我还发现她一个人躲在房间里哭。

五

姐姐到市里读幼师后，很少写信回来。我感觉到，她也在怨恨继母。

家里只剩下我和继母时，我总会紧张。

她依然守着她的水果摊早出晚归。每晚回家后，就在一个厚厚的蓝皮笔记本里记帐，几年来一直如此。每天放学，我还会帮她一起整理水果，只是在一起的时间里我们从来不说话。

她对我依旧很凶，常常为一点儿小事对我大吼大叫。15岁了，我已经长大了，听着她无休止的责骂，几次都想离家出去。

一次，一个女同学来家里找我，她居然把那女生骂跑了。我实在是忍无可忍，就顶撞了她一句，她指着我的鼻子说："你翅膀长硬了，有能耐了！嫌我对你不好，你可以走呀！"

我偏不走，不能让她的阴谋轻易得逞。

无论是学习还是做家务，她从来没有停止过对我的挑剔。这些，我已经习惯了。

初中毕业时，我被保送上了市里最好的高中。

六

上高中后，我住到了学校。我早就在心中定下了自己的目标：考上复旦大学。一来可以远远地离开她；二来可以实现姐姐当年的愿望。

我很少回家，一是车费贵，二是我不想看见她那张冷漠的脸。我只希望时光流转得快一点，希望自己早点儿考上大学，这样我就解脱了。再也不要看她的脸色，再也不要听她的责骂，再也不要和她生活在同一个屋檐下。

我觉得，她是我生命中的跳板，离开后，我就不会回去。那些欠她的债，我会等工作后双倍偿还她。

她也很少到学校看我，每天依旧摆摊卖水果。我每个月的生活费，她都是直接打到卡上。她没有给我打过电话，或许我的离开对她而言也是一种解脱吧。我打回家的电话也很少，我不知道要对她说些什么，似乎所有的话都是多余的。毕竟，我不是她亲生的孩子，我也不知道如何才能取得她的欢心。

我想起自己曾一次次努力地靠近她，想得到些许的温暖，而她总是冷漠地把我推得远远的。想起这些，满腹的委屈和心酸就会顿时涌上心头。

我努力地读书，挤时间写文章投稿，把那些忧伤的心事化成密密麻麻的文字，让心情得到宣泄。

七

我没想到，高考前她会来看我，还带来了大堆的营养品和水果。

她更瘦了，颧骨突出，脸色蜡黄。她看着我，半晌没说话，我也不知道说什么，一直低着头。临走时，她说："考什么大学你自己看着办，但要读就读一流的大学，差的学校我也不会浪费钱。"她的话冷冰冰的。

我心底涌起的温暖瞬间又荡然无存。

从她来学校看我一直到高考，我都没有回过一次家，也没给她打过电

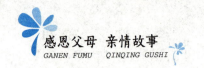

话。然而，高考最后一场结束时，我刚走出考场，班主任就拦住了我，让我赶紧回家，他说你姐姐打来电话，说你妈妈不行了。

我半天没有缓过神来。她不行了？怎么会呢？她是那么地强悍和强大，难道出了意外？回家的路上，我第一次担心她的安危，如果她走了，我该怎么上大学？

回到家，屋子里静悄悄的。才进屋门，我就看见了她，第一次看见她对我微笑。我不敢相信自己的眼睛，泪水瞬间汹涌而出。她再也不会责骂我了，她削瘦的脸，带着浅浅的笑，定格在一个黑色的木制相框里。我憎恨了十年的她，真的就从这个世界上消失，再也听不到她的声音了。

姐姐听到声响，从她的房间里走出来，递给我一个蓝色笔记本。

"她留给你的，里面还有本存折，密码是你的生日。"

我认得那是她的帐本。

可是当我翻开她的账本时，我却惊呆了，里面居然是她写的长长短短的日记：

我真的是克夫命，留下这两个孩子，我该怎么办？我脾气那么不好，总是粗暴地责骂他们，但我真的希望他们成才。看着他敌视的目光，我心里也很难受。都说慈母多败儿，我只能用自己的方式了。就算他恨我，我也只能这样……

看见他手中的录取通知书，我真为他高兴，但我不能在他面前露出丁点喜悦，我怕他骄傲。这孩子聪明，我希望他能一直都如此出色……

他终于要参加高考了！老师说只要他发挥正常，肯定能考上好大学，学费我都准备好几年了，够他上学用了。我一直没有在他面前表现过亲热，没给过他好脸色，但我知道以后他会明白的。

我知道丫头至今还记恨我，说我当年不让她读高中考大学，可我一个女人如何养得起两个大学生呢……

原来她的蓝色笔记本里藏着的都是那些我曾经所不知道的幸福，她是爱我的，从我和爸爸走进这个家门起。

"在你高考前几天，她的身体就出现了异常，但一直不肯去医院。我想打电话通知你，但她不允许，说你马上就要考试了，会受影响。那晚，她守着水果摊，突然就一头栽倒在地，是脑溢血。医生说她长期操劳，积劳成疾。我一直都知道母亲爱你，可我答应她不能说，怕你有负担。她说，终有一天，你会明白，你会对她好的。可是现在，她永远都等不到了……"姐姐说着已经泪流满面。

我呆呆地愣在那里，脑海里一片空白。

她那些严厉的责骂，那些让我心慌的眼神竟都是我所不知道的幸福，她一直把我当成她的亲生儿子，只是我一直都不懂。

我"扑通"一声跪倒在她的遗像前，歇斯底里地哭着喊出这么多年她不曾听到的"妈妈"这个称呼。

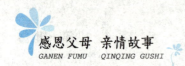
曾想逃离他的爱

▶ 文 / 罗光太

> 父爱，如大海般深沉而宽广。
>
> ——温家宝

一

小时候，父亲一直是我的骄傲。

虽然他的腿走起路来一瘸一拐的，但他有一双灵巧的手——他可以用竹签、彩纸帮我做美丽的风筝。

阳光明媚的周末，父亲都会骑着摩托车带我到公园里放风筝。

放风筝的人很多，但父亲给我做的风筝最漂亮。色彩斑斓的彩蝶风筝，可以飞得很高，很远。不大一会儿，我的身边就围上很多小朋友，他们直夸我的风筝漂亮。在他们羡慕的目光中，我小小的心里溢满了甜蜜的幸福。

上幼儿园时，老师常常要求父母配合孩子做各种手工交上去。很多家长因为没时间，他们不是忘记做了，就是直接到玩具店买个凑数。每一次父亲都会自己找材料，然后手把手地教我。教我做木头小车、教我折纸、做彩贴画……

每当我把父亲教我做的手工品带到幼儿园时，总能引起同学们"啧啧"的赞叹声，就连老师也夸奖我的手工做得最好。

父亲还常常给我讲故事，虽然他的普通话说得不够好，但他能够用不同语气，不同声音模仿故事里不同身份的人，听起来很是有趣。有时，在傍晚，我们坐在草地上，他还会指着天上的火烧云让我观察云层的变化，问我这朵云是不是像小狗，那朵云是不是像汽车。在父亲的指点下，我见识了火烧云的无穷变化，感受到了大自然的美妙。

金色的霞光笼罩着整个大地，也把父亲的身上镀上了一层金色。偎依在父亲的怀里，我小小的心里盛满了满足……

二

每天放学，父亲总会骑摩托车准时到学校接我。

我曾疑惑地问他："爸，你来接我，不载客挣钱了？"

他总是笑着告诉我："小宇可是爸妈的宝贝哟！先把你送回家，再去载客嘛。"说这话时，父亲的脸上漾起了幸福的笑容。

靠在父亲温热的背上，感受着从他身上传递过来的脉脉温情，我心里荡漾着幸福的涟漪。

只是后来，父亲带给我的不再仅仅是幸福和满足。他的瘸腿，他卑微的职业，还有贫穷的家庭，也给我带来无情的嘲笑和无尽的磨难。

读小学时，有一天放学，我走出校门口，看到父亲和一个穿西装的家长在吵架。

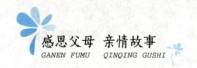

那个西装革履的男人长得很高大，他指着我的父亲骂："你这个臭载客的，挤什么挤？这里是载客的地方吗？"语气中充满了鄙夷和不屑。

"载客的怎么了？你可以接孩子，我就不能来接孩子？"父亲不亢不卑地说。

……

他们两个越吵越凶，周围站满了来接孩子的家长，他们指着父亲纷纷低声议论："一个载客的，他的孩子也会在这所不错的学校里读书？""那孩子真可怜！"

……

种种议论像针一般刺着我的心。

第一次，我在人群里看见了父亲的卑微。他站在那个西装革履的男人面前显得是那么矮小，一身寒酸，一脸的窘迫。

我默默地望着父亲，那一刻，他是那么的孤独无助。我突然感觉很难过，鼻子很酸。

不知怎么的，那个男人突然推了父亲一下。他的腿本来就一瘸一拐的，于是一个趔趄摔在了地上。

人群一阵嘈杂。

"有话好说，其实载客的也不容易，你看他还是一个瘸子，算了吧！"

有人在劝和。

"爸，你不能打他，他是我同学罗小宇的父亲。"苏小艾跑进人群，一只手拉着她爸爸的手，另一只手指向我。

所有人的目光像利箭一般射向我，我的脸刷地红了。我耷拉下脑袋，一声不哼。

我偷偷地把目光投向父亲，他正艰难地爬起来。我怯怯地抬起头望着他，又环视了一下周围鄙夷的目光，终是没有勇气过去。我推开人群，哭着冲了出去。

三

从此，我宁愿自己每天走路回家，也不愿让他到学校接我。我不是心疼他，只是觉得他让我在同学们面前抬不起头来。

遭到我的几次拒绝后，父亲就再也没有来学校接过我。

在家里，我也很少和他说话。我知道父亲没什么错，但他的卑微却带给我很深的伤害。

以前，我在学校的人缘很好。因为我成绩好，同学们都愿意和我玩。可那次风波后，我走在校园里，总有同学指着我的后背嘀咕。

学校组织大家捐款时，有同学建议我不要捐了，说："你家已经很穷了，哪好意思让你也捐呢？"

我捐出去的钱，被大家"好心"地退了回来，他们同情的目光让我感觉到似乎有虫子在噬咬我的心。

心里的悲哀汹涌着，我再也没有勇气对视同学们的目光，总会不由自主地把头低下。

一次，班上一个同学的钱包不见了，大家不约而同地把目光盯向我。我的眼中噙满泪水，但我努力控制着，不让泪水流出来。那一刻，我对父亲产生了很深的怨恨。要不是因为他，大家也不会这样嘲笑我，把这么不光彩的事嫁祸到我头上……

父亲几次到我房间。我知道他是有话想对我说的，但他却一直没有开口，良久，他深叹一声又黯然离开。

我一直很努力地读书，把所有别人玩乐的时间都用在学习上。我知道，卑微的父亲不可能是我一生的依靠。

只是，我从来没有想过，我对父亲的冷漠，对他是多大的伤害。

四

上初中后，我更是在别人面前绝口不提父亲。我每天穿着校服，和身边的同学没什么区别，渐渐的，我找回了自信。

因为成绩好，身边总有一群同学跟着我，他们羡慕的眼光让我脆弱而敏感的自尊得到些许的满足。

可是有一次，我的新同桌居然问我："你爸爸在哪儿上班呀？"

我的脸瞬间涨红，愣了一会儿后，我不高兴地说："你管那么多干嘛？查户口呀？"

我的突然翻脸让他下不了台，他嗫嚅着说："有什么不能说呢？难不成你父亲是载客的是擦鞋的？"

听着他的自言自语，我怒火中烧，冷不防揍了他一拳，并且厉声说："谁让你多嘴？王八蛋，你以为你有个好父亲就了不起吗？"

他疑惑地瞪眼，也迅速回击了我一拳，我们俩大打出手。

直到被围观的同学拉开，他还在喋喋不休地说："就算你爸爸是载客的，你也没有必要这么生气呀！"

"他爸爸确实是载客的。"有个同学小声说。

教室里突然安静下来，大家面面相觑。

伤口被血淋淋地撕开，我的泪汩汩而流。

五

放学回到家，我颓然地躺在床上望着窗外愣神。莫名地，我就想起了小时候父亲带我看火烧云的情景，我偎依在他的怀里，那么温暖。

"小宇，你在里屋么？"父亲不知什么时候回来了。他推开房间门，看见我正像死蛇一样躺着，说："年轻人别整天躺着，不如到外面活动活动，走，爸爸载你出去转一圈。"

我没有拒绝，看了他一眼就站起身。

我突然发觉，我的个头已经高过父亲了，也突然发现他老了很多，岁月已经在他脸上刻下深深的皱纹。我用眼角的余光瞟着他一瘸一拐的腿，心里感到一阵阵酸楚。

"今天我专门载你到处走走，想去哪儿？"或许父亲因为我愿意和他出去觉得很是高兴。

"爸，还是算了吧，我作业还没写完，我不出去了。"其实，我是没有勇气走在父亲身边的。

"你觉得和我一起走，很丢人？"父亲直视我，目光如炬。

我第一次看见他这样威严，心里不由发怵，头不由得低了下去。

"是男人就不要轻易低头，回答我！"父亲厉声说。

我支支吾吾，没说出话。

"小宇，爸爸一直都懂，因为我瘸腿，因为我载客，所以你认为我给你丢人了，但是爸爸告诉你，我觉得这没什么丢人的。以前你小，爸爸不和你计较，但你现在已经不是小孩子了。你要明白，生活就这么现实，我们每个人都在努力打拼。我没什么对不起你的……"不知道因为激动，还是因为心酸，父亲说着说着泪水就夺眶而出。

看着父亲满是泪水的脸，我的心里一阵阵难受，突然为自己的做法感到很羞愧。

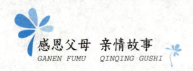
许自己一个温暖未来

▶ 文 / 阿杜

> 父母和子女，是彼此赠与的最佳礼物。
>
> ——维斯冠

一

爸爸妈妈又吵架了，在他们摔了很多东西，弄得满地狼藉时，他们又一次把离婚的事摆了出来。爸爸大声说："我一天也受不了你，你这臭女人，我要和你离婚！""离就离！我早就受够了你这窝囊废，早离早好！"妈妈恶狠狠地嚷。

我躲在房间里，坐在书桌前，荧亮的台灯下，几本摊开的奥数解析书，我却是一个字也看不进去。明天我就要参加奥数竞赛了，他们没有来鼓励我，却吵得鸡飞狗跳。每一次吵架，他们都恨不得对方马上从眼前消失，恨不得即刻就去把"离婚证书"扯回来。但往往隔了一夜，他们又会像同时得了失忆症一样，再不提离婚的事。

我已经习惯了他们的"战争"，在往日里，只要他们"开战"了，我就会乖乖地自动消失，直到"战争"结束才返回，从不过问谁输谁赢，就像我从来不知道已经发生的"战事"。可是这次，我要参加的奥数竞赛对于我很重要，他们明明知道这件事，还这样吵得鸡犬不宁，我真是忍无可忍了。

我打开房门，愤怒地摔了手中的水杯，冷漠地瞪着他们俩："你们有完没完？是不是只有我死了，你们才会消停？"正在"激战"中的父母，倏地听到水杯砸碎的声音，同时转过头来，惊讶地望着我。

"你不是出去了吗？"他们异口同声地问。我恼怒地尖叫："我能去哪？明天我就要竞赛了，你们就给我创造这样的学习环境吗？"望了眼狼藉的客厅，我的泪止不住地滑落。"你们要离就早离，不想离就好好过，为什么每次都这样？你们觉得我的心是石头做的吗？为什么要这样一次次地伤害我？再吵我会做出让你们后悔一辈子的事！"

父母望着歇斯底里怒吼的我，同时噤声。我却是说完后，颓丧地进了房间，浑身的劲似乎在一瞬间被抽空了，整个人很累很累。仰躺在床上，望着洁白的天花板，眼泪"哗哗"地流了下来。

二

第二天起床后，打开房门，我愣住了。客厅里焕然一新，电视柜上还摆放了一束热烈怒放的向日葵，那是我最爱的幸运花。金灿灿的葵花明亮耀眼，宛若是一团霍霍燃烧的火焰，让人倍感温暖。

那满地的狼藉呢？我脑中有片刻的混乱，仿佛昨晚上发生过的事只是

一场噩梦。妈妈正在厨房煮早餐，爸爸悠然地坐在沙发上喝早茶。他们不是要离婚吗？怎么会这样？难道真的只是一场噩梦？我揉了揉惺忪睡眼，不确定地四处张望。

"萍儿起来啦？快去洗脸，吃过早餐后，我送你去赛场。"爸爸微笑着说。昨晚上那个怒目圆睁，恨不得把这个家拆散的男人，是此刻一脸微笑的爸爸吗？他真的不打算离婚吗？

在我愣怔时，妈妈端着香气四溢的荷苞蛋优雅地走出厨房，看见我，她笑着说："快去洗洗呀，一会要来不及了。"这个温婉的女人，是昨晚上恶狠狠地叫嚷着"离就离"的女人吗？我真是要崩溃了，是幻觉？还是噩梦？

洗脸时，望着镜子中自己红肿的眼圈，我使劲地掐了自己一把，疼痛感让我明白，这不是梦。回到房间，我没有找到自己的水杯，还看见摊在桌子上的奥数解析书。我确定昨晚上发生的一切都不是梦。只是他们为什么又和好了？因为我吗？

爸爸开车送我去赛场，一路上，他只字不提昨晚上发生的事。但我不能不提，我快要疯了，他们这样一下闹着要离婚，一下又装作什么都不曾发生一样，我都以为自己出现幻觉了。

"爸，昨晚上，你们为什么吵架？"我开门见山。

"吵架？哦，是争了几句。"爸爸倒也不隐瞒，老实承认了。

"争几句？摔得满地狼藉，只是争几句？你们说'离婚'什么的，我都听到了，是真的吗？"我要确认，说完，我紧张地盯着爸爸的脸。

"没有的事，我们不会离婚的，因为你那么乖。今天好好考哟，期待你的表现。"爸爸轻松地说着，似乎昨晚上大叫"离婚"的人根本不是他。他们可真是"演技派"，说闹就闹，说好就好，完全不顾及我的心情。

三

奥数竞赛取得了比预期要好的名次，虽然只是三等奖，但我进赛场时，原以为自己会考砸的，我的心思全都放在父母是否真会离婚的事上。我不知道他们如果离婚了，我该怎么办？

我每天总是学校、家，两点一线，匆忙来去。我要看住我的父母，再不容许他们吵架了。我在书上看过，夫妻间如果"离婚"说多了，就真会离婚。我不想他们离婚，班上就有几个同学的父母离婚了，他们都过得灰心丧气。虽然说离婚是大人的事，但真的不会影响孩子吗？谁不希望一家人团团圆圆呢？我们孩子的心，难道是石头做成的吗？我们也会伤痛，会难过，会夜不能寐，会在无眠的夜里默默流泪。

我愈加乖巧，学着帮妈妈做事，也陪爸爸聊天。我从蛛丝马迹上寻找会影响他们感情的因素，以便提前扼杀在摇篮里。我不许他们犯下全天下很多父母可能都会犯下的错——离婚，我要亲自守护这个属于我的家园，捍卫好他们之间的关系，再不能纵容他们将坏情绪带回家了。

我邀爸爸出去散步，单刀直入地问他，是不是厌倦了我妈？爸爸的脸有点红了，尴尬过后，他承认说："烦她的时候，真是厌倦了，但事后仔细想想她的好又舍不得。""那以后你们再不要吵架，有什么事第二天再说。实在生气时，也要尽量地想到她的好，想到她曾为你付出的青春年华……你知道吗？你们每一次吵架，我都担心，我真的害怕你们会离婚。"说着，两行清泪挂上我的脸颊。

爸爸一把将我揽在胸前，动情地说："我以后一定克制，我之前真没

想到你会这样难过，我真是太自私了。萍儿，我没想到你这么懂事，爸爸还不如你。"

我努力挤出笑容，说："三思而后行，不是吗？请你们不要互相攻击和伤害，这样就好。"爸爸拍拍我的肩，答应了，他说他一定会克制住自己的坏脾气。

说服了爸爸，我就开始做老妈的工作。她这个人就是"刀子嘴，豆腐心"，口头上一句不输，但真离婚了，她肯定比谁都痛苦。我很难想象，优雅、温婉的她吵架时也会摔东西，会恶狠狠地嚷"离就离"，这是同一个女人吗？我说出了我的疑问。

妈妈窘迫地低语："萍儿，让你见笑了。生气时，我就不是我了，好像有另一个女人上身。""妈，什么另一个女人上身，你是'气急败坏'吧。我不希望你再这样，你是我心目中最完美的女人，如果连你也这样，我对未来还会有什么期许？"

妈妈愣神地呆望着我，我真切的眼神她应该懂的，她把我抱在怀里时，我肩膀上的温热一定是她眼中涌出的泪水。这个家是我们共有的，我们应该一起守护。

四

爸爸妈妈变了，又似乎没变，他们只是回到了我年少时候的样子。我努力做好自己能做好的每一件事，替他们排忧解难，用一张张高分的卷子哄他们开心。

在家里，他们再不会把工作上的怨气带回家来。我和他们约定好，不许把外面的坏情绪带给家人，可以倾诉，但不能埋怨，更不能抱怨彼此关爱的家人。我相信父母都是深爱我的，因为他们开始很努力地守着这个约定。家人间彼此关爱，但谁都不是谁的出气筒，父母比我懂，我的心思他们知晓。

我不想生活在硝烟弥漫的家里，害怕听到他们吵架时摔东西的声音，那句"离婚"会让我夜夜噩梦。我要替自己许一个温暖未来，可以不富裕，但一家人要相亲相爱。

我知道，很多家庭都有这样或那样的矛盾，只要不是不可调和，只要他们彼此还会关心对方，我们当子女的，要为守护这个家的完整做出自己的努力。我们能做的事其实很多，用好的成绩、乖巧的表现，消除他们的矛盾，缓解不和谐的气氛……也许会失败，但努力过了，我们将无怨无悔。父母的人生终究是他们的，我们只能尽自己的努力。

人生真的是一场未知的旅途，谁也不知道未来的路上，我们将会遇见什么。但无论如何，我们都要用一颗虔诚的心，许自己一个温暖未来，这样我们才会活得斗志昂扬。

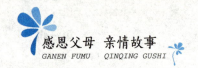
为了一条白裙子

▶ 文 / 阿杜

> 世界上有一种最动听的声音，那便是母亲的呼唤。
>
> ——但丁

  路过街边的商场，望着橱窗里纯白色带蕾丝花边的连衣裙，她的目光被定格了。她站在原地，久久地看着那件连衣裙挪不开脚，目光中流露出深深的渴望。

  她从来没有穿过带蕾丝花边的裙子，特别是这样的纯白色，穿起来一定像天使。大家都说她长得漂亮，就是身上的衣服太土，全是地摊货。以前她并不在意自己穿什么，觉得只要干净、整洁就可以了。但那次，她不小心弄脏同桌的裙子时，同桌女生瞪起眼，不悦地大叫："你小心点不行吗？我这裙子可是名牌，淑女屋的，你赔得起吗？"众人把不屑的目光投向她时，她涨红脸，垂下头，急着道歉。心里却是泛滥开了：不就淑女屋吗？有什么了不起。她暗暗发誓，一定要买一条比同桌更漂亮的裙子。

  这条纯白色带蕾丝花边的连衣裙不知比同桌的裙子漂亮多少倍，第一次，她是如此渴望得到一个本不属于她的东西。接连几天，她一放学就绕道过来，只为近距离地端详她钟爱的裙子，想象着穿在自己身上时的惊艳。

家里经济拮据她是明白的，父亲生病多年，一直躺在床上，整个家仅靠母亲在工厂上班的微薄收入支撑。她很懂事，不敢开口向母亲要钱，于是就想去打工，自己挣钱买裙子。凭着清新可人的长相，她还真找到一份在奶茶店做钟点工的工作，只是工资很低。她已经询问过商场的导购员，那条白裙子价格不菲。

时间一天天过去，她对那条白裙子的渴望愈加强烈，但仅靠每天两小时的打工工资，短时间内根本攒不够买裙子的钱。她害怕那条裙子被别人买走，心急如焚。心细的母亲看着愁眉不展的女儿，问："学校要交钱吗？""嗯！是舞蹈队要求买统一的白裙子。"她低低地应一句，声细如蚊，心里有一种终于说出口的解脱，莫名的又有些担心。"正好，我们厂这个月效益不错，有发奖金，我去把钱拿给你。"母亲说着，然后进房间拿出她需要的钱。从母亲手里接过钱时，她瞥见母亲粗糙的手上有个新的伤口，心里揪得难受，但对白裙子的渴望还是让她有意忽略掉了。

她终于买下了那条她钟爱的，渴望已久的纯白色带蕾丝花边的连衣裙。她穿上新裙子去学校时，所有人都夸她的裙子漂亮，说她像个美丽的天使。连高傲的同桌都对她的裙子赞不绝口，她的虚荣心得到极大的满足，笑靥如花。

可是回家的路上，在一个街角的垃圾堆旁，她看见了一个熟悉的身影：她弓着腰，俯下身子，一双粗糙的手在垃圾堆里拨弄，翻捡出一些瓶瓶罐罐、废铜烂铁装进身边的尼龙袋里。她的脸上沾满污垢，但她还是看清了她的脸，一时泪如雨下。

她的谎言是为了满足自己膨胀的虚荣心，而母亲的谎言，是为了给她撑起一片蔚蓝安宁的天空。

时光从不说谎

▶ 文 / 安一朗

> 凡为父母的，莫不爱其子。
>
> ——陈宏谋

一

拿到成绩册后，我看一眼分数就乐了——数学 59 分。我知道父母看见这分数，定会大发雷霆把我骂死。果不其然，看完我的成绩册后，刚刚还眉开眼笑的父母瞬间笑容凝固，真是翻脸比翻书还快。

老爸瞪起眼，盯着我的眼睛，我心虚地低下头，不敢与他对视。老妈则坐在旁边，禁不住开始抽噎，还哽咽地说："我这半年算是白辛苦了，天天帮你煮饭、洗衣服，天天照顾你，你就用这样的分数回报我……"妈妈就是这样，只要她觉得委屈了，三句话没说完，泪水就像断了线的珠子。

"知道心虚啦？早干嘛去了？知道自己数学差就得下苦功，你下了吗？"老爸咄咄逼人，他喋喋不休地数落我。我忍着，拼命忍着，但忍无可忍时，我大声说："我的语文不还是第一名吗？为什么不提语文，只针对数学。"

我的一声吼，倒也暂时镇住父母了，他们不可思议地看着我，平时我都是温顺的，从不会顶撞父母。他们一直都把我当成不懂事的孩子，以为我还会像过去一样，任他们数落，然后含着泪向他们保证，以后一定加强数学的学习。可是我长大了，我也是有自尊的，他们怎么可以这样骂我？

"你们知道现在的数学有多难吗？"我委屈地争辩，原本想挤出几滴眼泪来博取同情，但折腾了半天，硬是没挤出一滴泪。只好在表情上下功夫，有难过，有悔恨，还要有对抗。

老爸见我这副表情，静默了片刻后说："我们不是要骂你，但你居然考不及格，你说，如果你是父母，你的孩子考不及格，你难道不会生气吗？""我保证不生气，不及格就帮孩子一起找原因，然后找出解决问题的方法，骂人是最没用处的。"我见老爸的情绪有所缓和，赶紧说。"说得轻松，你这是在暗示我们不会当父母吗？还是想告诉我们当父母不合格？可怜天下父母心，你以后就知道了。"老爸无奈地摇摇头。

二

我的数学向来比较差，但考个及格应该是小事一桩，但我偏偏不想考及格。想想这半年来，自从国家宣布可以生二胎后，他们整天都在干吗呢？我都上初中了，他们还想生二胎，更可怕的是，他们想帮我生个弟弟。看他们神神秘秘的样子，我就生气。

以前他们从不承认自己有"重男轻女"的错误思想，还曾说"生男生

女一个样"，但事实胜于雄辩，他们用他们的实际行动告诉我，因为我是女娃，所以他们还想再生个儿子。说什么女儿是妈妈的小棉袄，是爸爸前世的小情人……全是骗人的假话。

看着小区里那些中年妈妈我就来气，她们身后跟着自己的大娃，小心翼翼地保护着自己肚子里的宝贝。孩子狂奔、爬树、撒野，她们不闻不问，也不担心会不会摔倒。她们只用心感受心律的跳动，享受清风拂面的凉爽，沉溺在又一次当妈妈的美妙遐想中。

父母曾在吃晚饭时，主动提起过生二胎的这个话题，不过，我没等他们说完就直接拒绝了，我说："这事不用商量，如果是想征求我的意见，我不支持生；如果你们坚持要生，我也没意见，不过，我肯定很难爱上我的弟弟或是妹妹。"

我的态度很明显，我不支持他们生二胎。也可以说我自私吧，老二的出生必然会把他们的爱全都抢走，到时候我对于他们来说已经无足轻重。

"我们觉得你太孤单了，如果有个弟弟或是妹妹，你以后有什么事，可以有人商量。"妈妈试图说服我。"是呀，国家的政策，我们得响应和支持。"老爸打着官腔。可惜这是在家里，而我也不是他的手下，就不必把他当成领导，于是反驳说："你们想生就生吧，既然决定了，不必要假惺惺地搞什么形式来征求我的意见。我的意见有用吗？我不支持你们生，但你们不还是想生？那就生吧，就当我不存在罢了。"

这半年多来，他们只想着生二胎的事，再不像过去一样对我好。如果老二真出生了，他们还会爱我吗？实在想不出其他办法，我只好出此下策，把最不擅长的数学故意考砸，来引起他们的重视。

三

　　父母果然急了，老妈首先到房间找我，表示她的关心。她事无巨细地问东问西，一副慈爱母亲的样子。其实老妈原来一直是这样的，但自从他们想生二胎后，她就整天忙着调养身体，忙着寻医问药，不就想生个儿子？她在无意中把我忽略了。

　　老妈走后，老爸又进来和我沟通。我的一声吼看来效果不错，向来不主动道歉的他，居然第一句话就是表达他的歉意，说他忽略了我已经长大，是个思想独立的大人了。他骂我虽然是为我好，但方法错误，希望我能原谅他的简单粗暴。

　　我看着他，无所谓地往床上躺，说："你们以前不是这样的，但现在你们确实是无视我的存在，不尊重我的意见，对我已经不如从前有耐心。我知道你们想生二胎，特别是想生个儿子，可是我怎么办？我是不是很多余？我是你们的负担吗？"

　　我把所有埋藏在心里的担心全都宣泄出来，我已经快承受不了了，这半年来，我总是忧心忡忡，恍惚迷惑，父母真的不爱我了吗？他们就那么想要个儿子吗？我一直努力学习，就连最讨厌的数学我也不放弃。我得到了很多荣誉，他们曾经以我为荣，可是现在一切都变了。班上很多同学都在讨论父母生二胎的事，大家的意见基本上都是反对。毕竟老二的到来，年纪相差那么多，得宠是必然的，我们在家里失去地位也是必然的。

　　"天地良心，我们怎么会不爱你？你一直是让我们骄傲的女儿，怎么会多余？你想得太悲观了。"老爸急切地辩解。可能是我的话说得比较严重，他很认真地看着我，还坐在床沿，像小时候一样拍着我的手。

　　"我也得承认，这半年来，我没有认真辅导过你的数学，我还以为你自己能够搞定。我向你保证，以后再忙，我都不会忽略你的学习，特别是数学。就像你说的，我们得一起找出解决问题的方法……"老爸诚恳

地说。

他的真诚我能感知，他眼中的柔情依旧，就像过去一样。我看着他，那些梗塞在心里的厌恨渐渐消融。

四

我没有把故意考砸数学的事告诉他们，这是我的秘密，谁也不能说。但经过这么一闹，父母对我倒是上心了。

老妈对我亦母亦友，她悄悄告诉了我很多女孩成长中要注意的事，她也和我分享了她的少女时代，她曾经喜欢过的影视明星。她陪我睡时，我枕着她的手，轻声问她："妈，你是不是真的很想再生个孩子，特别是想生个男孩？"在黑暗中，她贴着我的身体，用另一只手环抱着我，说："我能说真话吗？""可以，我想听真话。"我说，心里莫名有些失落。

"生二胎，确实是我和你爸的想法。过几年，你要读大学了，你走后，家里就只剩我和你爸，如果有个小的在家，我们就会忙碌，日子也会更充实。你长大后，会有自己的朋友，以后也会有男朋友，会结婚嫁人，会有自己全新的生活，但我们不可能一辈子跟着你……如果有一天，我们离开了，在这个世界上，除了你的丈夫、孩子外，还有一个和你同父同母的至亲亲人，我希望是个男孩，因为男孩更能保护姐姐……"

听着妈妈的话，在黑暗中，我泪湿眼眶。我从来没有想过，如果有一天，我离开家到外地读书或是工作后，他们会有多孤单？女儿再孝顺，也不可能天天陪伴在他们身边。突然想起很多电视上看见过的画面，那些老人在晚年有多寂寞，我怎么可以自私地觉得爱会被另一个人霸占了呢？我的抗拒全都只为自己着想。

老爸的工作一直很忙，但是后来，他再忙也要抽出时间陪我运动，陪我聊天。自从数学考不及格后，他也反省了自己的过失，一有空就陪我研究奥数题，这是数学得高分的法宝。

看他这样尽心尽力，有一天我问他："爸，你的改变这么大，是不是有什么阴谋呢？"

老爸拍拍我的脑袋，笑着说："傻丫头，你爸还能有什么阴谋，当爹的对自己女儿好，不应该吗？"

"应该是应该，不过我觉得嘛，你还是很期待再生一个，对吗？"我直截了当地问他。

老爸的脸涨得绯红，他用探寻的目光望着我，希望得到一个答案。我看了他一眼，很肯定地说："我想明白了，生二胎是你们自己的事，你们的人生你们自己作主，无论弟弟还是妹妹，我都欢迎。我相信时光从不说谎，你们过去、现在爱我，以后对我的爱也不会因为老二的到来而改变。"

"对，时光从不说谎，我们对你的爱永远不会改变，因为我们是一家人。"爸爸掷地有声地说，他坚毅的目光给了我满满的信念。

让我心疼你

▶ 文 / 阿杜

慈母的胳膊是用慈爱构成的，孩子睡在里面怎能不甜？

——雨果

一

妈妈的头痛病又犯了，她蜷缩在床上，一脸蜡黄，那袭她最得意的飘逸长发此时像海藻一样纠缠在一起，使她整个人看起来特别憔悴。

如果爸爸在，妈妈肯定不让我进她的房间。我知道她特别爱美，这样的状态和病容是她所不能忍受的，她绝对不想让我看见。但没办法，爸爸出差了，暂时还回不来，妈妈只能由我来照顾。

一直以来，我和妈妈水火不容。她自己爱漂亮，就整天要求我也要这样、那样，烦都烦死了。我的性格比较像爸爸，做事拖拉，粗枝大叶，对穿着也不讲究，但妈妈不允许我这样。她说，女孩子要有女孩子的样，要温柔、细腻，要漂亮、干净。

小时候，我要穿短裤，但她规定我只能穿裙子；我要学架子鼓，她不许，非得帮我报名学习拉小提琴。她说要培养我优雅的气质。可我不喜欢，我只想简简单单。我的毛躁在妈妈眼里，是她最不能容忍的坏毛病。

进去妈妈房间，看着躺在床上无精打采的她，我的心虫噬般难受。妈妈的眼神是那么无助，她一只手捂住头，另一只手无力地垂到床边。

看见我进去后，她垂下眼睑，不看我。我知道，妈妈最惨淡的一面被我窥见了，那是她很不愿意的。以往她走出房间时，总是光鲜亮丽。

"妈，我帮你煮点粥吧，然后再陪你去看医生。"我走到妈妈的床边，握起她的手说。

妈妈扭过头不理我，我知道，妈妈是难为情。几天前，我们又吵了一架，她的气还没有消。虽然现在生病了，但她被我照顾，一身的不自在。

"对不起啦！妈，那天是我错了，我不该顶嘴的。"我拉住她的手摇了摇，希望她能原谅我。

妈妈有时候就像个大小孩，非得我先认错，她才会开口说话。我慢慢把她搀扶起来，站在她身后，眼泪就猝不及防地悄然滑落。

二

妈妈生病了，是很严重的病，头痛只是表面的症状。爸爸说妈妈得了严重的脑萎缩，但她不肯去医院。原本爸爸一直保守着这个秘密没有告诉我，但现在他觉得我长大了，是该学会心疼妈妈的时候了。

在爸爸那里，我知道了很多我曾经并不知道的事情。妈妈以前是一名舞蹈演员，爸爸就是看了妈妈的演出才喜欢上她的。爸爸说，妈妈的舞姿

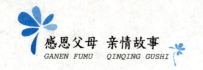
很美，在舞台的聚光灯下像一只舞动的精灵。

爸爸告诉我这事时，我开始还不相信，家里找不到一张妈妈的演出照片。

"所有和舞蹈有关的东西都被你妈妈烧掉了，包括她所有的演出照片和获奖证书，她说她不想看见了又想起，让自己一直沉沦在记忆中走不出来。但你妈妈却从没有走出来过，她一直活在她美好的回忆里，让现实生活中的她痛苦不堪……"爸爸说。

原来当年妈妈怀我时，吃了很多苦。作为舞蹈演员，妈妈每天都吃得很少，但怀上我后，妊娠反应强烈。为了让我能够得到足够的营养，她只好拼命地吃东西，吃了吐，吐过后再吃。

生我时，妈妈又大出血，最后晕厥在产房里。九死一生后，我们母女终于安全出院。我逐渐长大了，妈妈的体型却再也没有恢复回去。我不知道是药物的原因还是我的原因，变胖的妈妈再也没有机会重新登上舞台。她开始负责剧团的服装、道具，后勤工作让妈妈彻底失去自信。

妈妈把目标放在了我身上，她希望我能继续她的梦想。但我从小就不听从她的话，小小年纪就知道和她唱反调。我身上没有一点她的影子，我不爱跳舞，不爱小提琴，不爱穿裙子，不爱长头发，所有妈妈喜欢的，我都坚决不喜欢。看她生气时，我就偷着乐，我从来没有想过，年少的我曾经怎样伤害过妈妈的良苦用心。

我记得刚上小学时，有一次学校要搞文艺汇演，妈妈不知从哪得到消息，她跑到学校央求老师让我参演。妈妈的热忱打动了老师的心，虽然我不是校舞蹈队的，但老师还是决定帮我安排一个角色。她让我演一棵树，我不想，但妈妈却是一脸感激地接受。

妈妈帮我设计了很多动作，但我都不理睬，我说："我演的是树，树只要一动不动就可以了。"但妈妈并不这样认为，她觉得树也是千姿百态的，风起时，枝叶婆娑起舞一样有自己独特的美。

我看着身体已经有点臃肿的妈妈扭起腰时，笑趴在沙发上，嘲笑她的腰像大水桶。我是故意气她的，我觉得她什么都不懂，还老爱在我面前逞能。其实，如果我曾经见过妈妈在舞台上光芒万丈的表演，如果我能明白她的心愿的话，我当时肯定不会嘲笑她那么胖。那是妈妈的大忌，那是她最怕听到的话。

妈妈果然在我的笑声里僵住了，我当时以为自己赢了妈妈，却从不曾想过，我是那么残忍地伤害了她。

在爸爸告诉我所有事情之前，我总是以和妈妈对着干为荣。她要我穿裙子，我偏把长裤剪成短裤穿；她为我买的漂亮发夹，我从来不戴，还转送给其他人。妈妈希望我是一个漂亮的贤淑女子，而我偏偏向往成为一个假小子，整天大大咧咧，连走路的样子都学男生。

我不知道，妈妈是不是被我气病的，她所有放在我身上的希望都落空了。我伶牙俐齿地顶撞她，常把她气得哑口无言……

想起一件件我曾经做过的事，想起一次次我曾那么深地伤害过爱我的妈妈，我的眼泪就控制不住。

三

爸爸说，妈妈的病时轻时重，有时她会一个人关在房间里几个小时，就那么呆呆地坐在床上，目光倦倦的。爸爸还说，妈妈常在说到我时，说着说着就流出眼泪。她害怕我真的讨厌她，烦她。她现在就像个孩子，需要关心和照顾。

爸爸临出差前，第一次对我说了很多话。爸爸的语气很沉重，我能感觉到他身上的压力，一直以来，他不仅要照顾好妈妈，还要瞒着我，不让我担心。

我不能原谅自己竟然粗心到从来没有发现妈妈的状况是那么糟糕，她和其他人不一样的言行，我都理所当然地认为那是她最烦人的表现，把气她当成自己的乐事……

我把妈妈搀扶起来后，拿起一把木梳，轻轻替她打理那袭长发，就像小时候她替我梳头一样。我的动作很轻，怕自己不小心弄痛了妈妈，但泪水依旧在眼眶打转。

这是我第一次心疼妈妈，还好，还来得及，我还能为妈妈做很多事情。我再也不想违背妈妈的心意了，她对我的好，我要全盘接受，只有这样，妈妈才会更高兴。她要我留长头发，我准备留了；她要我穿裙子，我也不会再拒绝。我的小提琴已经拉得很好，我很期待能够在妈妈面前展现出我淑女的一面，我知道这是妈妈希望看见的。

只要妈妈能够快乐起来，我愿意尝试所有我曾经都不愿意做的事。妈妈安好，便是我的晴天，我要学会心疼她，就像她曾经爱我那样。

青春里的曙光

▶ 文 / 萍萍

妈妈你在哪儿，哪儿就是最快乐的地方。

——英国谚语

一

"辛沐，别整天上网看电视，闲书也少看，如果考不上好高中，你就没法考上好大学。"老妈喋喋不休。

自从几年前爸爸在一次意外中丧生后，她就把所有关爱倾注到我身上，但这种密不透风的爱真让人窒息。

一听见她开讲，我迅速躲回房间。关上房门时，我还听见她在说："我说的话你听见没有？别到时后悔莫及！"

我躲避她，害怕她深切的眼神和无休止的唠叨，宁愿在电脑里和陌生人聊天。在网聊中，我迷恋上了一个叫"静水深流"的网友。我看过他的

视频，是个长相干净的男生。他和我同龄，真名叫许浩民。只是当他提出见面时，我拒绝了。

我自卑自己的长相，羞于见他，连照片也不曾发给他，但我又渴望见他。知道他报考市里最好的高中后，我亦毫不迟疑地报了志愿。

二

拼尽全力，我终于考上了市里最好的高中。

老妈很开心，在邻里风光了一回，我以为从此以后，我可以自由生活了。可是我想错了，老妈居然比过去更紧地盯着我，她不仅把县城的房子出租了，还在市一中附近重租了一小套房子。而且才四十出头的她早早地办了内退，一边陪读一边在市里做钟点工。

"你怎么说也是一个有单位的人，怎么能去做钟点工呢？"我好言相劝，却挨了一顿骂。

"只要你能考上好大学，再苦我也值得！我的后半生就全指望你了。"她说。态度坚决，不容商量。

那天晚上，我独自在阳台上站了很久，望着辽阔的夜空，却感觉有根无形的绳子把我牢牢地捆绑在她面前。

三

徜徉在偌大的校园，我没有任何欣喜。已经开学一个月了，我都没有见到许浩民，几次登上QQ，"静水深流"的头像都是一片灰，留言也没回复。一时间里，他仿佛从人间蒸发了。

我报考市一中只有三个原因。第一个是给好面子的老妈带来荣耀；第二个是想独自放飞；第三是为了走近许浩民的生活。可是我仔细注意过高一年级所有的男生，没有他。

难道他没有考上？我心里满是失望，觉得自己这么努力地考上市一中根本没意义。

当生活的目标变得茫然时，也就失去了前进的动力。我就是如此，在一群陌生的同学中，我变成了一个"哑巴"，对谁都不想说话。他就算没考上一中，也没必要不回复我的留言呀？难道他一直在欺骗我？想到这儿，我一阵心悸。

我的同桌杨芸是个快乐的漂亮女生，坐在她身边，我觉得自己就像只灰头土脸的麻雀。对她，从第一天起心里就有抗拒，虽然她总会主动找我说话，但我不爱搭理。几次后，因为我的淡漠，她的热情也消减了。

四

"那个辛沐，怪怪的，成天拉着张苦瓜脸，像谁欠她钱没还似的。"一天下课时，我刚离开座位，就听见有个女生对杨芸说。声音很低，但没走出教室的我还是听见了。

我板着脸返回时，刚想开口说话的杨芸即刻止声了。我冷漠地瞟了她一眼，从她身后挤进座位时，故意撞了正起身让位的她。一个趔趄，她差点摔倒，众女生见我这样，一下子全散了。

"在背后说人坏话，是你的特长吧？"我想要激怒她。

杨芸转过头说："你怎么像个随时准备炸开的火药筒？"

"你才是火药筒！"我忿忿地顶回。她这种集万千宠爱于一身的人怎么

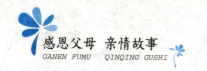

能够理解我的心情？在这个陌生的城市，我没有朋友，每天回家都要听老妈无休止的唠叨，以前还有个许浩民可以倾诉，但现在，连他也消失了。

杨芸怔怔地盯着我，突然柔声说："多个朋友不好吗？"我低下头，没有勇气对视她真诚的眼眸，原来她读懂了我的寂寞和孤单。

在后来的日子里，杨芸的善良和真诚终于打动了我原本并不冰冷的心，她用热情融化了我武装在自己身上的冰层。在她的帮助和感染下，我渐渐走出了心里的阴霾，我们成了形影不离的朋友。

五

一个周末，我和杨芸约好去人民广场放风筝。

我早早去到广场，奔跑着放飞自己亲手扎的凤凰风筝，看着那五彩的凤凰尾巴在蔚蓝的天空中飞扬时，我的整颗心也跟着飞扬起来。明媚的晨光中，我像只奔跑的小鹿。

"辛沐，我来了！"

远远地，我听见杨芸在呼叫我。我边跑边回头张望，看见远处有辆自行车向我驶来。骑车的是个男生，后座上正是长发飞扬的杨芸，她的手紧紧搂在那男生的腰上。"这家伙，难道把男朋友也带来了。"

当自行车驶到我跟前，杨芸笑容满面地跳下车准备说话时，我看清楚了那个骑车的男生。"许浩民？！"我不由得在心中惊叫起来，迟疑地把目光转向杨芸。虽然只在视频里见过他一次，但这张脸早已刻在我的脑海里，他左眼角的那颗黑痣此时显得那么刺目。

"他是……"杨芸正要介绍。

"我知道，许浩民。"我迅速截断她的话。

杨芸和那男生奇怪地看着我，一脸愕然。在他们交换眼神时，一股莫名的悲伤刹那间涌上我的心头，泪水夺眶而出。我飞快地跑开了。

杨芸追了过来，我用力甩脱她的手，越跑越快，我不知要如何安放自己的心情……跑了很久，在一棵大树下，我终于虚脱般地倚着树瘫坐在地上。

六

回到学校，我一直耷拉着脑袋，不敢看杨芸。倒是她伏在我耳边，低声问："你认识许浩民？"

我不知她问这话的用意，紧张得不敢吭声。

"辛沐，你常聊 QQ 吧？你是不是'醉花阴'？"当杨芸问出这句话时，我终于崩溃了，他真的什么都告诉了她？我恼怒地回答："是我。"

"我猜你就是'醉花阴'，怪不得那天你表现那么异常……"杨芸哈哈笑起来。

我惊起了一身鸡皮疙瘩，于是愤愤地抽回自己被她紧握的手，说："是杀是剐，来个痛快！我不知道他是你男朋友。"

"男朋友？"杨芸重复了一遍，然后大笑起来，"我终于理解你那天的举动了，原来你把我当成情敌了？"

"难道不是吗？"我愣住。

杨芸一直在笑，笑够了，她才告诉我，许浩民是她舅舅的儿子，他以几分之差没能考上一中。自从知道中考分数后，他就没再动过电脑，以来惩罚自己……那天去放风筝，是杨芸哀求了很久，他才答应的。

"他真是你哥？"我兴奋地问，脸也涨红起来。

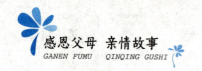
杨芸盯着我，一双似笑非笑的眼睛，看得我浑身不自在。

"你哥对我很失望吧？"我低声问。

"不知道，他只是告诉我，希望能够和你继续做朋友。他现在在实验中学。"杨芸说。

七

路过这段幽暗的青春洞穴，我学会了勇敢和珍惜。

我很庆幸自己遇见了杨芸和许浩民，他们就是我青春里的那道曙光，是他们让我变成了一个快乐的女生。我不再自卑自己平凡的长相，我们坦然地谈学习，谈人生，还有我们各自的困惑和烦恼。

在那些平淡而重复的日子里，在忙碌的学习和老妈的唠叨中，我积极而开心地走着青春的每一步，因为路上有朋友与我相伴。

老帅，加油

▶ 文 / 冠一豸

> **父爱是沉默的，如果你感觉到了那就不是父爱了！**
>
> ——冰心

一

"小帅，快起床，太阳都照到屁股了！"在我还沉浸在甜美的睡梦中时，老帅一把掀开我的被子，冰冷的大手就要往我身上搓。

"救命呀，老帅欺负我。"睁着惺忪的睡眼，我骨碌一个翻身，嘴里哇哇大叫。每次都是这样，大冬天的，我一赖床，他就使出这招。我是怕了他，再想睡也不敢往温暖的被窝里钻，他那冰冷的手触到身上可不是好玩的。

在我穿衣服时，他已经顺手把我床头的 CD 机打开，任由后街男孩强劲的音乐充斥在我并不宽敞的房间。老帅一边扭着腰，一边舞动双手，头

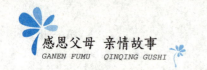
摇得像拨浪鼓。我迅速套上衣服，也跟着音乐扭动起来，活动活动筋骨。随着他把窗帘拉开，我们开始了一天的生活。

自从小学三年级那年妈妈病逝后，我就一直和老帅相依为命。他是我爸，我叫他老帅。其实老帅长得不帅，但他天生臭美。妈妈生前告诉过我，在我还没出生时，老帅就早早取好了名字，男孩叫郝帅，女孩叫郝美丽。他说他的名字郝世民让他羞于向别人介绍自己，但如果听到别人叫"郝帅的爸爸"或者"郝美丽的爸爸"，他就会心花怒放。

其实老帅不明白，他早早帮我取好的名字，也曾给我带来过不少烦恼。你说，一个长得并不帅的男孩，名字偏偏叫"郝帅"，这不是让我难堪吗？如果有条地缝可以让我钻进去，我还真想就地消失，一本正经地做自我介绍多尴尬呀！

二

每天早晨，老帅都会早早起床准备早餐。我们家的早餐向来很丰盛，老帅说，早餐是"黄金餐"不能糊弄自己。我不知道他是从哪学来的手艺，什么煎饼、蛋糕、包子、水饺、豆浆、花生浆、核桃汁、稀饭，轮番而上，好几天才重复一次。

饭后，我们一起出门，我去上学，他去上班。老帅骑他那辆年代久远的摩托车，大冬天的早上，风吹到脸上，刀割一般。我整个人缩在他身后，紧紧贴着他的后背，手还塞进他的大口袋里取暖。老帅穿他那件穿了很多年的皮大衣卸寒，皮大衣是妈妈生前为他买的生日礼物，一到冬天，他就穿到身上。时间久的缘故吧，皮大衣早已失去最初的光泽，显得暗淡而粗糙，但老帅说，这衣服穿在身上暖和，一直舍不得换掉。

到了学校门口，我下车后，老帅停下摩托车，帮我戴好帽子，捂紧围巾，然后拍拍我的肩膀说："小帅，在学校要表现好哟！""知道啦！老帅，你好啰嗦，当我小孩子呀，我都念初二了。"我笑话他，然后一脸灿笑地看他跨上摩托车。"你要慢点，记得放学来接我。"在他启动引擎准备离开时，我都会对着他的背影喊。"收到！"随着他的声音传过来，他的人已经湮没在来来往往的车流中。

风依旧很大很凛冽，吹得脸生疼，但我心里却燃烧着一团熊熊的火，温暖着我整个身心。我知道，无论在什么情况下，老帅都不会抛下我，他说过，我们是最亲最亲的好朋友。老帅一言九鼎，他说过的话，一定能够算数。

三

记得我读五年级那年，有人帮老帅介绍了一个女朋友。见面前，他先来征求我的意见。

看他支吾其词涨红着脸，我就猜到了一个大概。"不行！我是不会接受的！"我生硬地拒绝他。"要不，我们先看看人再决定？"他恳求我。

我摇着头说："不行就是不行，你说过我们才是最亲最亲的好朋友，除非你把我送回姥姥家。"说完，我眼眶一红，泪珠簌簌滑落。见我哭，他慌了神，忙安慰我。我知道他离不开我，其实我也舍不得离开他，哭鼻子只是我无奈的下策。都说后妈狠毒，我可不想遭这份罪，知道我的态度后，他再也没有在我面前提起过类似的话题。

我从来没想过，老帅才三十多岁，他其实应该重新拥有他完整的人生。年少时，我自私、固执，只想到自己今后的处境，却从没想过，老帅

孤单凄凉的日子。我原以为，他拥有我就已经拥有了整个世界。

上初一那年的春节，老帅的同事过来家里玩。几个大男人喝了酒后，话也多了起来。他们在客厅说话，我在书房上网，断断续续的谈话声一直传到我耳中。我很敏感地听到，他们又在劝他重新找个女的结婚。我竖起耳朵，仔细聆听，心弦紧绷。

"算了，小帅不喜欢。"老帅说，声音里充满了遗憾和失落。"孩子会长大的，你总不能一辈子跟着他打光棍吧？"有人问他。"小帅这孩子，真不懂事，我帮你劝劝他。"又有人说。"我们爷俩一起生活了这么多年，早习惯了，只要孩子高兴，我还图什么呀？都这把年纪了。"老帅说完他还自嘲地笑了起来，只是那笑声却犹如一根针，狠狠地刺在我的心坎上。

客人们离开时，老帅已经醉了，他躺在床上，一直喃喃自语。我帮他脱去衣服，再用热手巾帮他擦脸时，他突然就抱住了我，流着泪说："小帅，爸爸有你就够了。"我一时不知所措，任手里的毛巾滑落在地上，然后也紧紧地抱着他，泪水恣意横流。

安抚他睡下后，我坐在床沿上久久地凝望着他，才惊觉，不知什么时候起，他的面容已经渐显苍老。那是一个漫长的冬夜，窗外的寒风呼啸着，偶有鞭炮声响过。我一直坐在老帅的身边，望着酣睡中的他，想了很多以前不曾想过的问题。

四

我决定帮老帅找个伴，连人选都想好了。

我从小姑那里了解到，教我英语的姚老师是老帅以前的高中同学，就是歌中唱的那种《同桌的你》。姚老师的丈夫在几年前的一次车祸中丧生，她就一个人带着女儿生活。姚老师的女儿露露恰好是我的同学，我们还是多年的好朋友。我想，这种联盟应该是最适合的。

我并非乱点鸳鸯谱，是经过仔细观察外加搜集线索后才决定的。姚老师是个善良、贤惠的女人，班上的同学都很爱戴她，她课讲得好，待人和气，是学校老师中最受学生欢迎的。我也喜欢姚老师，真心希望自己能够有这样的妈妈。

一天晚上，临睡前，我试探性地询问了老帅："爸，你觉得我们姚老师人怎么样？""很好呀，她是一个好人。"老帅说。"那你说说，她好在哪呢？"我追问一句。"她哪儿都好。""说说嘛！我想听。"我不依不挠。"你这孩子，怎么啦？你自己的老师你不了解？还问我。"老帅反问我。"你们以前不是同学嘛，肯定比我清楚。"我意味深长地说。老帅听了我的话后，警觉地看了我一眼，说："早点睡，要不明早又起不了床了。"他离开后，我躺在黑暗中，一遍遍分析老帅的话，在想着该怎么帮他捅破这层窗户纸。

找到露露，把想法告诉她后，我还盼着她支持我。没想到，这一向温顺的小妮子居然会一千个不同意，还警告我别出馊主意。我据理力争，但露露就是咬牙不松口。第一次会谈失败，我们不欢而散。但我感觉到，她开始陷入沉默。

没办法，我只好打出感情牌，走曲线救国的道路。毕竟我和露露是多年的好朋友，我常邀她一起玩，为了讨好她，我处处哄她开心。我还可怜兮兮地向她倾诉没有母爱的孤单，诉说我对母爱的渴望，单亲家庭的种种凄凉，添油加醋，把自己讲得跟个可怜虫似的。同时，我也把老帅讲得英明神武，和蔼可亲，把他的种种优点无限放大。我知道露露明白这些，老帅对我的好，她看过，单亲家庭的孤单，自从她父亲车祸去世后，她也明

白，她有和我一样的隐痛。

"我们都是父母最疼爱的孩子，他们爱我们，愿意为我们做任何事情，甚至牺牲掉自己的幸福。可是我们呢？总得为他们做点什么吧？他们除了抚养我们长大，还应该有自己的人生……"我诚恳地说。露露望着我，眼中噙着泪，她不再坚持反驳。

我一边做露露的工作，一边怂恿老帅什么时候请姚老师到家里来做客。在学校里，我是姚老师的得意门生，她对我的好大家有目共睹，就连露露也曾不满地说："我妈对你比对我还好！"那段日子，我更是一有空就跑到办公室找她，打着问作业的旗子，实际上是暗中观察，看看老帅是否已经开始行动。

露露在我一次又一次动之以情，晓之以理的说服下，终于点头答应和我一起撮合老帅和姚老师的爱情。其实，我们都是脆弱的孩子，害怕父母再婚后，再也得不到一份完整的爱。

曾经我也和露露一样，用我的自私固守着最后的亲情，但在初一那年的冬夜，在父亲酒醉后抱着我痛哭时，我才渐渐明白自己对他的残忍。毕竟，每个人都有权利追求自己的幸福和完整的人生。

五

和露露结成联盟后，一切事情就好办多了。露露是个实心眼的女孩，她开始并不相信老帅有我说的那般好，我就请她到家里，实地考验，暗中观察。

老帅炒的菜，首先就收买了露露的胃；老帅为我而建的网页让她叹为观止；老帅发表过的一篇又一篇文章，让她爱不释手；老帅自弹自唱自录的 CD 片让她大开眼界。最让她喜欢的是，老帅和我的相处方式和交流内容，那是绝对的 GoodFriend。她躲在我房间，紧紧地抓住我的手问："老帅真的很好哟！为什么不早告诉我？他是绝对的好爸爸！""现在抓紧也来得及呀，他暂时还没有被人抢走，不过，要快哟！"我逗乐露露，两个人笑得像两朵怒放的花。

可是，在我和老帅正式摊牌时，他犹豫了，还狐疑地盯着我的脸看，想弄明白我的意图。"老帅，我已经长大了，自己会照顾自己。只是现在，我想要个像姚老师一样的妈妈，拜托你，加把劲，把她追回来，好吗？"我真诚地说。"臭儿子，拿你老爸开涮呀？"他瞪着我问。"我只想知道，你有没有信心呀？需要儿子一起出马吗？"我说。

老帅看着我，笑得眉毛都挤在一起了。突然他一把将我搂在怀里，泪水浸湿了我的肩膀。原来，我已经和老帅一样高了。

"按你的想法去过你想过的生活吧，我支持你。"在老帅的怀里，我低声说。我再一次感受到，这温暖的胸怀依旧是我这一生最坚实的依靠。

我没有告诉露露，也没有揭发老帅，其实从我上初一开始，他就已经在和姚老师交往，并且有书信往来。他们都是历尽沧桑的人，都重情重义，彼此欣赏和爱慕对方，只是碍于孩子怕孩子反对，他们才不敢公开交往，更不敢把爱说出口。

我是找书时，偶然在老帅的书柜顶层发现那些信件的。在强烈的好奇心驱使下，我打开了那一封封信来看。看完后，我再也无法平静下来。我知道我该为老帅做点什么，该为他们的爱情做点什么。我不可能当作什么都不知道继续享受我的人生，而让我挚爱的老爸在孤独中老去，面对自己的爱情，只能无奈地挥手作别。

"老帅，加油哟！我会为你祝福的。"我抱着老帅，在他耳边大声说，任幸福的泪水沾满他的脸颊。

把岁月编织成一幅画

▶ 文 / 萍萍

> 母爱是一种巨大的火焰。
>
> ——罗曼·罗兰

一

父亲出车祸那年，我已经上初中。家中的顶梁柱轰然倒塌，于我仿佛天崩地裂，我知道，这个家再也不会完整了。

奶奶和妈妈哭得像泪人儿，可无论她们怎么哭天抹泪也无法唤回我的父亲。过度恐慌吧，悲伤欲绝的我居然没有泪，只是久久地盯着定格在黑色木框中微笑的父亲愣神，一切宛若梦境。那熟悉的笑容再也看不见了，我的心一片空茫。我古怪地笑着，看着那些泪流满面的人，笑得抽搐。

我和奶奶病倒了，我不知道那段时间，妈妈经历了怎样的煎熬。仿佛在一夜间，她整个人就苍老了许多。"小苹，想哭就哭出来吧！以后我们一定要坚强。"妈妈搂着躺在床上目光空洞的我安慰说，望着忧伤而憔悴的妈妈，我悲从中来，突然宣泄般大哭起来。积压在心中的伤痛在一场淋漓尽致的大哭后，我反而平静了下来。

我思索着妈妈的话，终是明白，面对现实总比逃避好，已经发生的事情，再也挽不回了，我们只能选择坚强面对。父亲的逝去，妈妈比任何人都更难过，他们曾经是那么恩爱的夫妻，但她强忍悲伤，一面张罗着父亲的后事，一面照顾、安慰病倒在床的奶奶和我。一个家，所有的担子全落到了妈妈单薄的肩膀上。

二

妈妈把一个家照顾得很好，每天忙里忙外，一刻也不得闲。

只是第二年开春后，就有邻居大婶来劝妈妈改嫁。那个大婶说："你这是何苦呢？一个家，三个女人，怎么行呢？镇上那个男人……""如果我改嫁了，那家里一老一小又该怎么办？"妈妈反驳说。"你可以把小苹带走，她都可以出门打工了，会挣钱了，人家会接受她的。"大婶娓娓劝道。"可是我还想让小苹继续读书，这孩子聪明……"妈妈平静地说。

在客厅说话的她们，没有注意到还在里屋写作业的我。房门虚掩，她们的谈话声清晰地传进我的耳朵。我屏气凝神，仔细聆听，这是我最为担心的一件事，终于将要发生了。妈妈才三十多岁，她要重新寻找自己的幸福是人之常情，可是我和奶奶呢？我们怎么办？我真的要和奶奶一起跟妈妈走进另一个陌生的家么？

邻居大婶用三寸不烂之舌不停地鼓动妈妈，她终于应允说："如果以后真有遇到合适的人再说吧！"我恨死了那个多事的邻居大婶，她凭什么

来怂恿我妈妈改嫁？想改嫁，她自己去改嫁好了。

可是自从妈妈应允她后，隔三差五她就跑来我家，跟我妈妈说这说那，说哪里又有个条件不错的男人。我心里急，却又想不到办法阻止，难过得直哭。奶奶可能也猜到了邻居大婶常来我家的缘故，于是很不客气地把她赶出了家门。

"老太婆，你也太自私了，你儿子死了，总不能让儿媳妇守着你一辈子吧？"伶牙俐齿的邻居大婶不甘示弱地冲奶奶嚷，奶奶气得颤抖，眼泪扑簌簌地流了一脸。"妈，没事的，你别担心！"妈妈总会在这时候走出来安抚奶奶，并把她扶回家里。"我能不担心么？你嫁人后，再把小苹带走，我该怎么办？"奶奶抽咽着，老泪纵横。

我很理解奶奶的想法，毕竟父亲是她唯一的儿子，她又没有女儿。现在儿子不在了，如果儿媳再改嫁，她一个人怎么活？而我也有我的担心，我不想走进另一个陌生的家，叫一个陌生的男人为"爸爸"，他们肯定不会让我继续读书的。看见奶奶哭，我也跟着流泪。

"好啦！我答应你们，我不再嫁，可以吗？"妈妈像哄孩子一样哄我们，但我却在她闪烁的眸子里看见了一抹无奈和黯淡。我也很难过，可我需要妈妈，奶奶也离不开她，我们只能硬生生地成为她追求幸福路上的绊脚石。

奶奶要妈妈做保证，我没吭声，却也眼巴巴地望着她。面对我们一老一小两个眼泪汪汪的人，妈妈迟疑一下后，叹了口气，却是很肯定地做了保证，保证她不改嫁，保证有福同享，她一手一个搂着我们说："放心吧，我们仨不离不弃，你们都是我最亲的人。"得到妈妈的肯定答复，我紧悬的心终于放下来，奶奶更是破涕为笑。我抓着妈妈的手，亲昵地偎依在她怀里，感觉温暖而踏实。

三

邻居大婶不死心，又三番两次来我家，想怂恿我妈改变主意，她说："你这人怎么就死脑筋？你得为自己的下半辈子考虑一下呀！"妈妈说："小苹很快就初中毕业了，以后日子会好起来的。我相信，没有男人，我也能把孩子培养成人。"

妈妈一次次谢绝那个热心的邻居大婶。奶奶看见过几次，板着脸不说话。妈妈知道奶奶生气了，于是有一次邻居大婶来时，妈妈故意当着奶奶的面大声说："胖婶，你以后来玩可以，但再也不要提改嫁的事了。我不想让老人和孩子担心，我们仨谁也离不开谁。你的好意我心领了，谢谢你！"

邻居大婶窘迫得红了脸，不快地说："不知好人心，以后有你的苦日子过！"说完悻悻地离开，我看见奶奶躲在窗口笑了，她的心终于踏实了，我也一样。

从此后，妈妈整日里忙碌得像只旋转的陀螺。白天她在工厂上班，晚上回来，她就陪着奶奶一边说话一边织毛衣。那些毛线都是她从街道工厂领回来的活计，织好一件成人毛衣可得五十元。妈妈织毛衣的手艺很好，记得小时候，我每次穿上妈妈为我新织的毛衣出去玩时，总会有陌生的阿姨围着我转，她们都在夸我身上穿的毛衣打得漂亮。

荧亮的日光灯下，妈妈不紧不慢地和奶奶唠着家常，而手却一刻也没有闲着，各种颜色的毛线在她手中穿梭着。那一大团的毛线，几天后就越来越小，而妈妈手中却多出件颜色搭配谐调的毛衣。

有时写完作业，我会坐在妈妈对面的椅子上，静静地看着她灵巧而忙碌的手，看着她脸上恬淡而平静的表情，心里会涌起一股莫名的感动。我

知道妈妈所做的一切都是为了我和奶奶，为了这个家能够过得更好。她从来不叫累，每天笑容可掬。看见妈妈脸上的笑容，我的心会很安稳。

四

只是每天看妈妈这样辛苦地挣钱养家，我的心里总感觉像有只小虫子在噬咬，让我寝食不安。我偷偷地问过她，爸爸出车祸时，肇事者不是赔了钱吗？为什么不拿些出来改善一下生活？

"你觉得现在的日子过得很苦吗？"妈妈严肃地问我。

我愣住了，没想到我的关心妈妈居然会是这个态度，委屈的泪水瞬间汹涌而出。我默默地望着妈妈消瘦的面颊，哽咽着说："我只是怕你太辛苦了。"

妈妈听了，鼻子一酸，眼角濡湿，轻咬着下唇动情地把我搂抱在怀里说："小苹，你真的长大了，知道关心妈妈了，我很高兴。只是我们现在居家过日子要精打细算，这钱妈妈还有能力挣，而你爸爸用命换来的钱，我们只能用在刀刃上。比如你上大学，还有就是留给奶奶……"妈妈说了很多，潮湿的泪水滴到了我的脸上。

我明白妈妈的话，现在上大学要花很多钱，还有奶奶的身体一直不好，万一哪一天需要用钱时，那笔钱就是我们家最后的支撑了。

那天夜里，我和妈妈说了很久的话，说着说着，我偎依在妈妈温暖的怀里安然入睡了。窗外的夜很静，只有呼啸的夜风在和树梢舞蹈。

我的心里已有一个明确的目标：我要帮家里做些力所能及的事，要更加努力地学习，考上好的高中，再考上好的大学，最后找份好的工作，这样妈妈就会因为我而骄傲了。我也只能这样，才能分担并接下妈妈肩上的担子。

五

在我考上高中的那年冬天，妈妈所在的工厂倒闭了。在拿到少许的遣散费后，她悄然回到家里。虽然她努力地掩饰自己的情绪，但她黯然神伤的眼睛还是没有逃过我和奶奶的注意。在我们再三追问下，她才说出实情。那天晚上，谁也没心情说话，一家人陷入了沉默。

那个讨厌的邻居大婶看我妈妈没工作后，又来我家想说服她改嫁。妈妈心情不好，这一次，她恼怒地说："没有男人就不能活么？我说过，我们仨谁也离不开谁！就是天天在家帮别人织毛衣，我也要养活这个家。"

奶奶在屋里听见妈妈的话后，沉默了半晌。她觉得是她拖累了妈妈，那次，她收拾好简单的几件衣服后就悄悄地离开了家。妈妈是在傍晚才发现奶奶不见了，她急得到处找。那时我刚放学回来，见她神色慌张，才知道奶奶不见了。我们跑出院子，跑到大街上分头寻找，一路跑一路打听。奶奶腿脚不便，平时连院门也少有出去，她会去哪呢？她又能去哪呢？她除了我们再也没有亲人了。

找了一条街又一条街，问了许许多多的人，我都没有找到奶奶，心里急得想哭。暮色四合的黄昏，街灯已经亮了，晕黄的灯光冷冷的，我觉得自己整个人都在颤抖。

跑到通往郊区的路口时，我的泪不知何时已经滑落。远远的，我突然看见了一个红色的亮点，是妈妈，她红色的风衣特别显眼。我急着跑过去时，才发现她正双腿跪拜在奶奶面前。

夜风吹起奶奶银白的头发，她出来好半天了，形容憔悴。妈妈抱着奶

奶的双脚痛哭流涕，她哭着说："妈，我们回家吧！小苹还在等着我们呢。你看，这天都黑了，你要去哪呢？"奶奶不吭声，但脸上泪痕斑斑。

"妈，我们仨要不离不弃的，你为什么突然要抛下我们呢？你离开后，我和小苹连个说话的伴儿都没有了……"妈妈深情地向奶奶倾诉。奶奶听着，悲伤的脸上泪水横流，她抱着妈妈哽咽着说："我是怕拖累你们，我走后，你就可以带着小苹改嫁了。一个家，没个男人真的是很苦呀！"奶奶哭着，泪水滂沱。

我疾步跑了过去，也跪拜在奶奶面前，哭着说："奶奶不走！我们一起回家！"奶奶看着我们两个泪人儿，颤微微地站起身拉我们起来。寒冷的夜风肆意地吹在我们身上、脸上，我们仨相互搀扶着，像一堵勇敢的墙。

六

妈妈没再出去工作，她想好了，就用她的编织手艺谋生。她不仅继续接街道工厂的毛衣活计，还帮别人织披肩、地板袜、手机袋，也用毛线编织壁画什么的。由于妈妈的手艺好，速度快，许多街坊邻居都请她帮忙打孩子的毛衣。

耳濡目染，天天看妈妈编织，看毛线在她手中穿梭不停，久而久之，我也学会了一些简单的编织。闲暇时光，我就坐在妈妈跟前，编织一些简单的地板袜；奶奶眼睛花了，她就戴着眼镜打鞋垫。我们家三个人，常常这样坐在一起，边聊天边做着手里的活计，日子过得平静而甘甜。

夏天来临的时候，打毛衣的人少了，妈妈就买来书，自学起了珠子编织和十字绣。她的手巧，无论编织什么，都编得美美的，让人爱不释手。

很多人是慕名而来，有的是买上几件称心的毛衣回去，有的是请妈妈编织她们喜欢的手袋。

奶奶再也没有离家出走过，每日里，她都陪着妈妈一起编织。我怀揣着自己的目标，努力学习，从来不让妈妈担心……

岁月是一条条流动的经线，我们仨用亲情的纬线柔密编织。在相亲相爱中，我们要把岁月编织成一幅画，而我们仨就是画中最美的风景。

寄宿的日子

▶ 文 / 张亚凌

> 爱亲者，不敢恶于人；敬亲者，不敢慢于人。
>
> ——《孝经》

初中的学校在小镇的最东边，离我家十来里路。

将去一个完全陌生的学校上学，整个暑假，我都是膨胀着的兴奋，到了9月1号，急切的心早就在胸腔里蹦得难受，恨不得拔腿就冲进学校。可让我无比懊恼的是一大早，母亲还是让我跟着她去锄地，顺带割猪草。心里揣着一千一万个不情愿，以至于后来割破了自己的手指。

草草地吃了早饭，又没人送我，自己就扛起铺盖跟干粮去了学校。是走着去，到学校就不早了。学校给每个班都分有宿舍，只是学生多地方小，报名晚的就没处住了。我跟好几个同学就很尴尬地站在宿舍门口，脚底下是自己的铺盖跟干粮袋子，单单等着班主任来解决问题。

班主任是体育老师，说话不遮不掩很是直接，随便说个话，他都是一手叉腰一手挥舞，气势倒很足。"咱这里，屁大点的地方，十里八乡即使不是亲戚，七拐八拐就都成了亲戚。开学这一两天也不上课，回去叫你们家长到镇上或者附近的村子给你们找个亲戚家先住下，随后看学校咋解决。"

我又背着铺盖、干粮袋子往回走。那天的我，来回近 30 里路，大汗淋漓地背着那么多沉甸甸的东西，多少像个小傻瓜。

心里装满了对母亲的愤怒：要是早早去了学校，一定可以占到住宿的地方，破地！破猪草！破学校！那一刻，一个暑假发酵的对初中学校生活的向往，像肥皂泡般炸裂了。愤怒与委屈笼罩着我压迫着我，在我心里翻江倒海。

第二天，母亲特意买了一盒点心，借了辆自行车，捆绑好铺盖、干粮，我们就出发了。

一路上都是母亲的不放心：

咱只是晚上在人家屋里睡觉，不要吃人家的东西；少说话，眼里要有活，勤快点；干啥事都要轻手轻脚，不要吵了人家；晚上回去不要写作业，费人家的灯油；有啥事都忍着，不要给人家添麻烦；早晨去学校，记得把一天吃的东西都带上……

我们来到距离学校三四里的一个村子，七拐八绕就进了一条小巷子，停在一户比较破败的土门楼前，母亲又嘱咐道，妈把人家叫"姨"，你得叫"姨姥"，嘴巴要甜。

母亲一进门就热情地喊"姨，姨！"喊了几声，从北屋里出来了个老人，她看母亲的神情显得很是生分。母亲在殷勤的叙家常里含蓄地说了跟老人的亲戚关系，我也听明白了：眼前母亲叫姨的这位老人，是母亲嫁出去的二姨去世后二姨夫另娶的女人的堂妹，真真的是七拐八拐拐出来的亲

戚。我自然底气不足，小声地喊了声"姨姥"。

母亲把带的点心放在桌子上，而后很不好意思地提出了让我暂时借宿一阵子的想法。

"说来说去都是自家人，你看，这么大的炕，就我一个人，娃睡在这我也有个伴。"老人答应得很痛快。

我就很小心地住了下来。我跟姨姥住在北屋，西面的两间房子住着她的儿子儿媳孙子，我早出晚归，很少见到他们。

谨记着母亲的叮咛，不能费姨姥家的灯油，我总是下了晚自习后留在教室里做完老师布置的家庭作业才回去的。那个村子的孩子也都不住校，可人家是一下晚自习就往回赶，而我得留在教室做作业，也就一直没有同行者。特别是冬天的晚上，寂静得让人害怕。我就边走路边咳嗽，用一声声咳嗽来给自己壮胆。偶尔，响起一个声音，原本胆小的我都会吓得打个哆嗦。

冬天，我就摸索着从姨姥房子里的小水瓮里舀半瓢水，将自己的毛巾简单弄湿，在脸上沾沾，就算洗过脸了。姨姥似乎也察觉到了，偶尔，她会侧起身子说，娃，从炉子上倒点热水掺上，瓮里的水太冰了。

尽管姨姥那样招呼我，我还是不好意思掺热水，只答应说，不冰，没事姨姥。

姨姥已经很老很老了，我总搞不清她是醒着还是睡着，更多的时候，她都是迷瞪着。

姨姥从来不叫我的名字，或许她压根就没记住我叫啥，总是"娃，娃"地跟我说话。

"娃，你自家操心点，不要去书坊迟了。"老人把学校叫"书坊"，我还是头一次听到。迄今为止，我都觉得把学校叫做书坊是最美的称呼。

姨姥家没有表，姨姥每天都是很困的样子，迷瞪着，似乎也没多余的精力干别的事，不可能为我上学操心的。我就自己估摸着时间起床去学校。

有好多次去得实在太早太早了，独自在学校门口等了很久很久才来了第二个学生。以至于三十多年后的今天，我一直觉得让一个孩子自己估摸时间上学，真的是件再残忍不过的事情：惦记着上学害怕迟到，根本就睡不踏实，总是半睡半醒迷迷瞪瞪。

我从来没有在正常的时间起床去学校，真的是披星戴月，自然也没有同行者。没有同行者，在别人看来或许是很遗憾的事，其实不然——

冬天，下过雪后的清晨，我一定是第一个在洁白的雪地上留下脚印的人。因为知道自己总是等学校开门，路上就有充足的时间玩雪了：

脚后跟倾斜着连在一起慢慢挪动，走出来的行迹像极了车轮；一只脚固定，另一只脚旋转一圈，像硕大的圆规；像在自己村里结冰的池塘上一样，我也会一路滑翔，那是飞一样的感觉；有时用脚在地上划拉出一朵又一朵的花儿，喇叭花、打碗碗花、鸡冠花，农村孩子所能想起的所有的花；兴趣来了，还会快速堆个小雪人……那会儿，就没有了早起独行的害怕。

落过雪的早晨，等在校门口的我一定是满脸欢喜。我会一整天都很高兴，好像那场雪是专门为我而落，是我一个人的盛宴。

4月，洋槐花开了，去学校的路上就有几棵槐树。带着露水的槐花，水水的，甜甜的。我会贪婪地一把一把捋下来，送进嘴里，嚼得脸上像开了朵花。觉得自己哈出来的热气里，都有了香甜的味儿。

我还会给学校住宿的同桌带几串，我觉得槐花比自己带的干粮好吃多了。那时大都没粮食吃，不是红薯馍就是玉米糕，要不就是糜子馍，很少

有麦面馍的。有槐花的日子，我肚子会吃得饱饱的，反正有的是时间，看见有学生从村子里出来再走也不迟。

夏天，路过地里，顺便偷摘个西红柿，几个青椒，拔几根韭菜，带到学校吃也是常有的事。因为那时带的多是咸菜，吃得久了，也没啥感觉了。

秋天就摘软蛋柿子吃。

就那么三四里，就那么几块地，却有菜园、有槐树、有柿子树，以至于上学路上每个季节都不寂寞。

最最烦恼的是学校有时放小半天假，不够回家，学校里又呆不成。白天，我从没在姨姥家呆过，——人家吃饭我不能撒谎说自己吃过了也不能傻看。

磨磨蹭蹭走在回姨姥家的路上，看着柿子树有了玩性，索性爬了上去，看着流云，想着心事，枕着自己的手臂躺在树杈间，蛮惬意的。

想的最多的，就是将来我有了孩子，绝不让他过这种寄人篱下无家可归的日子。想着想着，眼泪就哗啦啦地流下来，奇怪的是，哭过后就释然了，心里也就不压抑了。以至于后来在学校里遇到什么伤心事，我就在路上通过哭来解决，是不是多多少少显得很可笑？

后来，碰到放这种小半天的假，我就带语文课本回去。坐在树上或田埂上，发呆够了，就背课文，所有学过没学过的课文都背一遍。反正是要打发时间，总比呆在姨姥那低矮的白天都显得有些暗的房子里好。其间吃个馒头就算一顿饭。天渐渐暗了下来，离回去就不远了，直等到黑夜降临，我才往回走，一回去就在姨姥的房子里不出来了。

现在我还清楚地记得，有三次我回去时，姨姥显得有点焦急，问我咋回去得那么晚。第一次，她取出一个麦面的油卷馍馍塞给我，说是她女儿来看她了；第二次，她给了我几个饼干，说是走亲戚带回来的；第三次，她吃饭时竟然给我留了个煎饼。

老人是在我准备上初三时去世的。我升初二时就搬进了学校的宿舍，还是周末回家时听母亲说的，心里立刻涌起一股说不出的难受。一个少言的老人，在她生命快走到终点时，我们一起走过了一年。虽然很少交流，可她慷慨地收留了我，心里还装过我，要不怎么会在那个饥肠辘辘的年月还想起给我东西吃？

原本灰暗的寄宿日子，因为上学路上，因为姨姥给过我三次吃的，也变得有滋有味了。

鞋子的记忆

▶ 文／张亚凌

> 亲人帮亲人，无亲来帮愁煞人。
>
> ——英国谚语

记忆里，所有的衣物，对鞋子，我感触最深。

母亲很忙，忙得都没时间没精力正眼瞧一下我们姐妹，忙得倒头就睡都不看我们是否戏耍回来了，忙成那样还是没吃的对付总在喊饿的我们，哪里顾得上我们露着脚脖子的裤子、遮不住手腕的袄？

裤短袄小，这些都不重要，最最伤害我们的，是鞋。

只有一双布鞋，没得换，走来走去，不是大脚趾撑破了鞋面，就是鞋底磨破了。每每看到我们那不争气的大脚趾不知害臊地跑出来，母亲就戳着我们的脑门骂"费缰绳的驴"，而后数落我们不好好走路，净给她找事做。做双鞋多麻烦，抹好袼褙，还得晾晒多天，剪鞋样、纳鞋底、剪鞋面……

母亲最最让我觉得没面子的事也与鞋有关——她竟然补鞋前面的破洞。天——补袄补裤补袜子，哪有补鞋面的？补裤子的屁股蛋都比那体面！我宁可让大脚趾依旧威武，也不愿鞋面上再多一层布。更难受的是鞋底也会磨破，母亲有意纳得厚实的鞋底呀，也会磨破，真要命。

为了尽可能地延长鞋的寿命，我抵制了不少诱惑：

"摇船"游戏我从没玩过，只能在心里在想象中反反复复地玩。它是两个人面对面，手拉手，坐在彼此的脚面上，屁股一翘脚一用力，就移动了。不过，更多的时候，是用脚拖着对方的屁股移动。那咋行？鞋底不得很快就磨破了？虽然很羡慕别人一组一组摇着船回家，可我还是耷拉着脑袋独自走着。心里愤愤不平地踢几下土疙瘩，踢土疙瘩不也会撞了鞋面伤了鞋底？只好乖乖地走路了。

在沟边拔猪草，大伙还是以玩为主，最最刺激的就是从沟边羊肠小路往下滑，像滑冰一样，平衡着身子，俯冲下去，惊险、畅快，速度与激情啊！大家玩得大汗淋漓又痛快无比，欢声笑语有顺着沟边滚落下去的，也有拽着云朵飘出沟的。可我也只有咬着手指痴痴看的份了，那得多费鞋底。

下雪了，小孩子们都是"飞"回家的。所有的路面都成了天然滑冰场，一用力便滑出一截。时间不长池塘就结了冰，在小孩子的望眼欲穿中，冰越结越厚，池塘就成了孩子们的天堂。蹲着被人推着，一助跑冲过去，一脚腾空旋转……总之是各种滑，我却只看到了各种费鞋底，只是看着，任凭渴望在心里在脸上起起落落。

踢毽子？也不经常玩，双脚彼此边对踢边说花花，也不玩。有可能损害到鞋的寿命的活动，我都理智地拒绝了。如今想来，为了鞋能穿得长久点，我将很多快乐挡在了童年外。

最难受的是下雨下雪的日子。几趟下来，布鞋就湿了，时间一长，脚心就冰得难受。贫穷出智慧，我想到了在脚上裹层塑料纸。不过那时塑料纸也是稀罕的东西，常见的就是装洗衣粉的袋子，就那，用完了大人都会洗干净装别的东西。后来母亲也不知从哪里找来自行车的旧轮胎，要知道

那时候整个村子，很难看到几辆自行车。母亲将轮胎可着鞋底剪下来，钉在鞋底上。

这样以来就好多了，只是，剪下来的废旧轮胎不是很平整的，刚开始总觉得没踩实在，心里有点虚。时间久了，也就习惯了。只是凡事有利就有弊，一旦湿了，又不容易干。记得有次鞋湿得没办法，睡觉前我将它放在炉子上，还离炉口很近，总担心干不了。结果第二天，鞋被烤着了，鞋面悄无声息地就成了灰烬。那一刻，我恨不得烤焦的是我的贱爪子，我恨不得拽下自己的手扔到后院喂猪去！冰冷点怕啥，至少有鞋穿！

印象最深的是九岁那年的暑假，母亲给我买回来一双毡鞋。为什么会有这样的事？

母亲收到信，得知在外地工作的舅舅第二天就到了。母亲如同过年般将家里里里外外都收拾得干干净净后，才发现我脚上的单鞋破了，怎么能让娘家人看到自己日子的窘迫呢？母亲一咬牙，说给这丫头到镇上买双鞋吧。听得我激动得想亲吻我的脚趾头——那时的我还从来没有穿戴过买的东西呢。不过有些事很奇怪，似乎有多激动就有多沮丧。当我看到母亲将一双毡鞋拎到我面前时，崩溃了。母亲却说，夏天好过，不穿鞋都行，买一次，就得实用。

结果就是，我安安静静地坐着，脚底下都黏糊糊的。不敢动，哪里都不能去，天天就坐在院台子上，傻傻地等着舅舅赶紧回去。那会儿，觉得世界上最最讨厌的人就是舅舅。

也忘不了那双白球鞋，大姐二姐三姐都穿过，轮到我，已经成灰色的了。好在没有穿烂，比赛要用，急中生智，我用粉笔在鞋面上使劲擦，擦得白生生的。可一动，就落下一路白色粉沫，要多尴尬有多尴尬。

关于鞋子的破事很多很多，不过今天回望，却没有那么多的酸涩。或许最神奇的是岁月，稀释化解了很多。

给母亲泡脚

▶ 文 / 张亚凌

> **母亲的心灵是子女的课堂。**
>
> ——比彻

开始供暖的第二天，我叫了辆出租车，特地将中风在床的母亲从乡下接到城里。

儿时的记忆里，母亲一直用她那并不高大的身躯为我们遮风挡雨、御寒送暖。而今，疲于工作忙于家庭的我，也只是在冬天将她接到有暖气的城里，让她的冬天能够过得温暖些。

快 70 岁的母亲边看《三娘教子》边絮絮叨叨时断时续地说着外婆如何辛苦地抚养她和舅舅们的事。我接了盆水，准备给母亲泡脚，手一试，有些烫，想再加冷水时，母亲却连声说："行了，行了，洗吧。"

脚板、脚后跟都结着厚厚的茧，还有道道裂纹，我来回搓了几次后，手硌得疼。不过，水真的有些烫呀——是母亲怕麻烦我，还是她的知觉真

的已经麻木了？

母亲的脚，给我留下了太多太多酸酸甜甜的记忆——

小时候，雪后和母亲一起出门，总喜欢跟在她后面：小心地踩着母亲那大大的脚印，满心里都是安全和温暖，脚印深深浅浅一串串，笑语轻轻盈盈一串串……

上中学了，12元钱学费，家里翻箱倒柜只凑了4元8角。"妈给我娃借去。"母亲说着抬脚就要出门。我说"我也去"，——只有看到母亲借到钱我心里才会踏实。"我走得快，你跟不上的。"母亲很不耐烦地说，但我还是跟在她后面。母亲大踏步地往前赶，似乎就是为了甩掉我。"我要到邻村你姑家，呆在家里好好看门。"母亲回过头冲我摆摆手，晚上快10点，母亲才进了家门，笑容里却掩饰不住一脸疲惫。

我睡得迷迷糊糊，听见母亲和父亲说话，听到说我就来了精神。"我今儿出去借钱"。母亲先开了口，"死女子非要跟着我一起去，我就没叫她跟着。咱做大人的把日子过成光景了，低三下四丢人现眼，叫娃看见也难受。"

那一刻，泪水从我的眼角滴落到枕头上……

父亲身体一直不太好，母亲除了照管我们兄妹仨还得时不时照顾父亲。我们上学开销大，地里那点收入远远不够，母亲就暑假寒假时跟着村里的男人们到建筑工地打工挣钱。每每回到家里，母亲给我们做好饭，就瘫坐在椅子上一口也不想吃。休息一会儿，端来一大盆洗脚水，泡一会儿，就拿磨脚石使劲地搓着，发出很大的声响——盆里尽是泥土！

这，就是我的母亲，我的为了生活而失去性别的母亲！

给母亲泡脚，泡出了苦涩或温馨的往事。

电视依旧开着，很热闹的画面。而母亲，靠在沙发上，闭着眼，一脸舒心。我不停地搓着这双苦难的大脚，直搓得我泪水涟涟！

给母亲泡脚，还是在她中风后已无法自理时开始的。母亲一向是很要强的，记忆中，她从没生过病，即使全家人都病倒了，她也能撑着照顾好每个人。起初，母亲一点都不习惯我碰她摸她替她干活，在她所有的努力都宣告失败之后，母亲一下子衰老下来。

我问她"舒服不"，她显得很不好意思地点点头——习惯于照顾别人却不习惯被人照顾的母亲！

记忆里，母亲似乎喜欢把自己搞得很忙很忙，每逢下雨不能出去劳作时，母亲就显得很烦躁。父亲说母亲生就劳苦命，不会享清闲。母亲却说，一睁眼就得花钱，干坐着心里不实在。她甚至对老天爷发牢骚：就知道下、下、下，不停地下还叫人活不活？

印象极深的一次，母亲说，今晚好呀，停电了，啥也干不成了，能美美看一晚电视了。刚说完，她自己就先笑了。

为了生计，母亲总是在岁月的风雨中不停地奔来走去——那是一双闲不住的脚啊！

母亲脚板大，踩得稳，干活时背着还不会走路的我，抖着晃着像摇篮；母亲脚板大，走得快，甩开身后的我，怕我承受难堪与羞辱；母亲脚板大，力气足，挑起本该属于父亲的担子依旧浑身是劲！

给母亲泡脚，我似乎又回到依靠母亲的过去……

第二辑

Chapter Two

Zuimei Wenzhai

醉美文摘

那些年，让人心疼的爱

▶ 文 / 江小鱼

> 白头老母遮门啼，挽断衫袖留不止。
>
> ——韩愈

明天舅舅就要走了，这一走至少一年。外婆的身体越来越不好了，可舅舅的部队远在新疆，工作又很忙，不可能随时回来的。

外婆跟舅舅都在抹眼泪，那一刻，我觉得外婆就像个小孩子，一点都不像往日那么刚强。

往日呀，外婆会拄着拐杖吆喝上我，将她搀扶到大门口，她喜欢坐在石墩子上，而后就一直瞅着巷子东头。

那些从巷子里走过的大叔大婶们常常打趣：

老婶子，又是在看你黑娃（舅舅的小名）哩？当妈的眼带着钩哩，能把你黑娃从几千里外勾回来。

老婶子又想黑娃了？就是把巷子看个窟窿，也瞅不见你的心尖尖。

······

不管谁咋打趣，外婆都满脸是笑，直摇头，连说"不想，不想"，还说什么"坐在门口就图个眼宽，热闹，哪有心思想他"。大概的意思就是她根本不会想舅舅的。

舅舅一年回来一次还是在外婆病重后，以前呀，几年才回来一次。

舅舅每次进门，神情总是古怪得很，说满脸是笑吧，可分明看得见未干的泪痕。多年后，舅妈跟我说起往事，也惹得我泪水涟涟。舅妈说，你舅舅每次回去，车一进陕西，就开始抹眼泪，大男人也不嫌人笑话。每次说回部队了，又是哭，就知道哭，一点都不像个男人。

记忆里，舅舅回来后很少走亲访友，就是陪着外婆，心细得像个女人。他给行动不便的外婆擦洗身子，剪指甲，每晚给外婆洗脚按摩脚。一天三顿给外婆做饭，也不理会我们其他的人，就是看着外婆吃。外婆每次端上碗，尝都不尝就说"好吃、好吃"，舅舅就傻傻地笑，有时还给外婆喂几口呢。看他在厨房里手忙脚乱的样子，想来做的饭也不会有多好吃。因为有一次外婆笑眯眯地悄悄吓唬我说，你再不好好听话，就给你吃你舅舅做的饭，难吃死你！

可饭量一向很小的外婆吃得比往日都多，吃的时候满脸欢喜。舅舅一劝她就吃，听话极了。

舅舅明天就要回部队了，他自个抹完泪却劝起外婆来。说甭难过，我有时间就回来，你的娃，跑得再远，心都在你身上拴着。外婆呢，又跟舅舅说起以前的事，说得母子俩脸上又是笑又是泪。

夜已经很深了，舅舅搓着手在房里转着圈儿，一会儿就问外婆一句，"妈，还有啥需要我做的"。外婆只是拍着炕沿连声说，坐下，坐下，跟妈说话比啥都好。

那天晚上，舅舅终于给自己找到了活干。他找来一块布，拿起外婆的拐杖，将挨地的那端缠了起来。缠得瓷瓷实实后，再用绳子牢牢地绑了一圈又一圈，拐杖那端就有了一个大疙瘩了。舅舅显得很是得意，要外婆下来试试，看好用不。

外婆不理解，问绑那干嘛。

舅舅说，拐杖硬，地也硬，拐杖一挨地，你的手心肯定震得不舒服。这一弄就软和了，你再拄，手心就不震了。

外婆也就不嫌麻烦地从炕上下来，在房子里拄着走了几圈，连说"好，好，就是好。"

迷迷糊糊我就睡了，在我睡前，灯亮着；他们一直说着唠叨着。

舅舅走后，外婆还是习惯让我搀扶着她坐在门口的石墩子上，一直瞅着巷子东头，似乎舅舅马上就从那边跑过来了。她还多了个习惯，把拐杖放在膝盖上，摸着挨地的那端……

有一次，外婆竟然对我说，要是外婆走了，记得把这根拐杖给外婆带上。到了那边呀，外婆拄着拐杖就能走得远远的，就能自家走着看你舅去。

也就是那年冬天，外婆终于没有熬过去，我向赶回来的舅舅说起外婆的话，他嚎啕大哭。

母亲的信

▶ 文 / 江小鱼

> 暗中时滴思亲泪，只恐思儿泪更多。
>
> ——倪瑞璇

多少次搬家，我第一个想到的便是那个盒子，盒子里有一叠信，是二十五年前上大学时母亲写给我的。

母亲是数学教师，写信就像上课一样，没有闲话，简洁明了，直奔主题。一封信一个主题，也是她上课的风格——一节课一个知识点，讲透彻练扎实。

第一封信源于我一直很懂事，舍不得花钱，母亲怕我因为舍不得花钱而委屈了自己。

"……大人撅着屁股辛苦挣钱就是为了自家娃娃能舒坦地花钱，你一直很懂事很节俭，绝对不会乱花钱的。现在妈给你写信，就是要告诉你，挣钱的目的是为了叫人更好的生活，不是为了看为了攒……该花的钱必须

花，出门在外，宁叫钱受委屈不要叫人受委屈……"

看那封信后，我才报名参加了收费的吉他培训班。当然，我的懂事我的节俭并不会因为母亲的一封信就丢失了，只是我开始学着用合理的钱做合理的事。我也明白了母亲的话，钱，是为了让人过更好的生活。

第二封信同样是母亲的担心，她害怕我过于懂事，怕我遇到啥事都独自扛着。

"……没事不惹事，遇事不怕事。你是妈的娃，摊上啥憋屈事第一个想到的，都应该是妈……要是你遇事独自扛着，不给妈说，就是把妈关在了你的心外面，就是不信任妈，就是伤害了妈……"

这一点，母亲有点多虑了。她做过我的老师，我一直很欣赏母亲为人处世的能力，当然会自觉跟她沟通的。我的成长中似乎没有叛逆期，跟母亲沟通得一直很顺畅。

第三封信是母亲担心我不适应新的环境，怕从小镇走出去的我自卑。

"……生活在乡村，你没见过没经过的事肯定很多很多，你偶然因为不懂而做错什么也是很正常的，不要因此怪怨自己……不要害怕人看不起咱，咱用时间用事情擦亮别人的眼睛……不要怕人下眼看你，你站得高了，人自然得抬头看你……"

进入大学真的有很多的不适应，最大的不适应是心理：面对家在不同城市的同学，自己真的像个幼儿园孩子，从未有过的自卑生长得蓬蓬勃勃以至于快要捆绑住我的脚步、遮挡住我的眼睛。母亲的这封信，让我开始调整自己的心态，开始寻找能垫高自己的可能。当我的文章一篇篇发表时，大片大片的阳光洒在了我的身上，我找到了远离已久的自信。

第四封是母亲的回信，我对她说起自己在学生会参加竞选失败的事，她很不放心，收到信的当晚便给我回了一封。

"……摔倒了不要紧，摔倒的样子多难看也不要紧，爬起来的姿势怎样也不要紧，要紧的是你爬起来后怎么做……摔疼摔破摔流血都不要紧，要紧的是不要总是在老地方摔疼摔破摔流血，吃一堑得长一智……总结教训比积累经验重要多了，因为成功的方法和道路很多，可是人摔跟头的原因往往是相同的……"

是的，诚如母亲所说的，我就是在一次次摔跟头中慢慢地改变着自己。

第五封……

我喜欢翻看母亲的信，特别是在母亲走了后。翻开母亲的信，满纸都是母亲的叮咛。

"……打个颠倒，啥事都能想通。你自己都不能接受的事，不要强迫别人接受，将心比心，都是一个道理……"

"……记住，凡事有来就有往，不要把事情老搁在自己心上。要学会忘记不愉快的事，让自己一直快乐也是一种能力……"

转眼母亲已经走了八年，每每打开母亲的信，好像她就满眼是笑地站在了我的眼前——有母亲看护着，我怎能走不稳脚下的路？

心灵感应

▶ 文 / 董建昌

> 　　世界上一切其他都是假的、空的，唯有母亲才是真的、永恒的、不灭的。
>
> 　　　　　　　　　　　　　　　　　　　——印度谚语

　　世上到底有没有心灵感应？

　　早晨起来，喷嚏一个接着一个，我知道，又感冒了。于是，去医院挂号、问诊、抓药、付费，我的天，一个小小的感冒，竟花了我 300 多元。

　　我出生在农村，小时候虽然生活很苦，但在我的印象中，我是很少生病的。儿时的记忆中，父母总是没日没夜地在地里挣工分，哪里还有时间照顾我们？农村的孩子天生"泼皮"（方言：相对于娇气）又习惯于粗茶淡饭，所以，平时上树掏鸟蛋，下水摸鱼虾，饿了吃生果，渴了喝河水，全然没有城里孩子的卫生习惯，但一样长得结结实实，健健康康。

　　当然，上帝也有打盹的时候。那年暑假的一天，母亲吃过午饭准备去地里干活，临走前对我千叮咛万嘱咐：已经立秋了，千万不要再去河里洗澡了……然而，年幼的我还是禁不住村外那条清可见底的小河的诱惑，禁不住小伙伴们的"激将"，最终还是和一帮铁哥们去"扑腾"了一下午。晚饭时候，母亲见我青头紫脸地回来便明白了几分，随手抄起脚底下的扫把就向我"砸"来，可就在扫把即将落下的瞬间，母亲又硬生生地将扫把从我头顶收了回去……因为母亲忽然感觉我有点不对劲。

尽管母亲没有看出端倪，但她还是下意识地伸手摸了摸我的脑门，然后又摸摸自己的头，说："这么烫！定是发烧了。"急急地丢下扫把，直奔厨房，切了一大块生姜，放在锅里熬姜汤。待熬好了浓浓的一碗后，端过来，让我趁热喝下，然后又抱来一大床被子将我裹得严严实实。母亲心疼地说："乖，别动！捂出汗来，就好了。"

刚开始的时候，我蜷在被子里还有点怕冷，不一会儿就浑身大汗淋漓了。你别说，母亲这法子还真灵，一身臭汗捂出来后，顿觉浑身轻松，肚子也跟着"咕咕"地叫起来。母亲见状，轻轻地把我扶起来，说"饿了吧？"然后变戏法似的，端出三个窝头，外加一枚熟鸡蛋和一大海碗玉米稀饭放在我面前。

我也"配合"得很，左手窝头，右手鸡蛋，风卷残云般，看得母亲直吐舌头："小'炮冲'的，你就不能慢点吃啊，没人跟你抢！"多年后，提起那次感冒，母亲说："那次也不知道是怎么回事，当我准备用扫把揍你的时候，好像有神灵提醒似的。要不然，你那天的苦头可就大啦！"

感冒喝姜汤效果确实不错，但也有不灵的时候。有一次，我感冒很严重，按惯例，我喝下一大碗母亲熬的姜汤后，钻进被子里一动不动地等待出汗。那天真是邪了门了，费好大的劲捂出一身臭汗来，头脑居然还是昏昏沉沉的：鼻子不通，高烧不退。母亲急得不行，赶忙把村东头的四奶请过来。四奶一会儿摸摸我额头，一会儿又翻翻我眼皮，然后拉过妈妈毫不含糊地说："吓着了，得喊魂。"

　　夜深人静时，母亲取出两只小碗放在我床头，然后，取一张草纸平铺在一只碗口上，再将另一只碗倒上大约 1/3 的水……一切准备就绪，母亲让哥哥提着我白天穿的那双臭鞋，蹲在敞开的大门口候着。母亲自己则左手端着盛水的碗，用右手食指轻轻地在碗里蘸上水，再缓缓地将水滴在草纸上，嘴里喊一声："小二啊，吓得回来了！"哥哥就用我的臭鞋重重地敲一下门槛，应一声："回来了！"

　　我躺在床上觉得有点滑稽，但还是不由自主地在心里默默地应着"回来了"。就这样，过了大约半小时左右，说也奇怪，草纸上竟出现一个小水球来。母亲"吱呀"一声关上大门，将草纸揉成团，塞在我怀里，然后从哥哥手里接过我那双臭鞋，在床边轻敲了三下，再将那双臭鞋放在我枕头下面，说声"好了，我的小儿回来了！"方才悄无声息地睡去。

　　那天，也许是白天昏昏沉沉躺的时间太长的缘故吧，夜里我怎么也睡不着。只觉得那夜好静，我听见外面传来阵阵细细的沙沙声。是风？还是老鼠？我忽然想到会不会真的是我被吓走的灵魂回来了？想到这，我赶忙将头深埋在被子里，再也不敢出来了……

　　正想得出神，忽然手机响起来，一看是妈妈的电话，我问妈妈有事吗？（妈妈没有事情一般是不会打电话给我的）妈妈犹豫了半天才问：你最近是不是哪儿不舒服？我说没有啊，就是有点感冒了。妈妈焦急地说，感冒了还说没事？有没有喝姜汤啊？又说，难怪我这两天左眼皮总是一直跳呢，原来你感冒了。我说，妈你也太迷信了吧？妈妈有点不高兴了，说只要两个人感情深，一个人身上发生什么事，另一个人就有感应的。你小时候魂丢了，妈妈一声喊，你不是就顺着妈妈的声音找到回家的路了吗……听着听着，我忽觉鼻子一酸，有一股热热的东西在眼眶里打转！

　　世上到底有没有心灵感应？以前我认为那是迷信，但现在，我却真真切切地感觉到那是有的。

巴掌落下来

▶ 文 / 鲁小莫

> 父爱是水。
>
> ——高尔基

爸爸的一巴掌落下来，六岁儿子的屁股上，就开成一朵五指花。还不解气，巴掌再落，粉红的小屁股更红了。儿子哇哇大哭，嘴里哭爹喊妈的。巴掌落过，爸爸气消了一半，看着蒲扇一样的大手，他愣了愣，一丝悔恨在心里蔓延。他虎着脸，撇开儿子，闷闷地不再说话。儿子由号啕大哭到声音渐渐低下来，不再哭泣，终于他开始老老实实地一秒一秒地等妈妈。

妈妈是大救星，一进门，就感觉气氛不对。儿子见了妈，眼泪又成断线的珠子，妈妈给他抹泪，抹了又有，抹了又有，妈妈眼里也不禁湿润了。从儿子断断续续的叙述中，她知道了，因为顽皮，儿子惹恼爸爸，爸爸使出最原始的本事——武力降服。妈妈褪下儿子的裤子，红红的五指大

印还在，她的眼泪落下来。她气咻咻地走到丈夫面前，使劲用眼剜他。儿子站在妈妈身后，小腰杆直直的，敢怒却不敢言。妈妈搂着儿子，开始讲故事。孩子的心如六月的天，一会儿功夫，母子俩就嘻嘻哈哈，笑成一团了。

爸爸站起来，穿起外套出去。再回来，手里拎着儿子最爱的食物：草莓，西瓜，蛋黄派……他将西瓜切好，放在果盘里，默默地不说话。儿子瞥着鲜红的沙瓤西瓜，口水流出来，却嘟着小嘴，怨怨地不去吃。

妈妈拿起一块给他，他立刻大口大口吃起来，吃了一块又一块，他拿一块给妈妈，说："妈妈吃。"又拿一块，犹豫一下，说："爸爸吃。"爸爸脸上的肌肉松驰开，看着儿子，将西瓜放回果盘，不舍得吃。

儿子吃够玩够，上床睡觉了，爸爸站在床边，看着儿子静静睡着。不知在什么样的梦里，儿子胖胖的脸上带着微笑，眼角却有一滴眼泪。爸爸用大手，轻轻为儿子抹去泪，自己的眼泪，却落了下来。

那蒲扇一样的大巴掌，不仅落在儿子的屁股上，其实，更是落在他的心里。

有一种爱，那样温暖

▶ 文 / 鲁小莫

> 无父何怙，无母何恃？
>
> ——《诗经》

早上，年轻的爸爸去上班，五岁的儿子站在门口，摆着小手，稚声说，爸爸，再见。爸爸微笑，叭叭亲他两下，说，晚上见，宝贝儿。儿子黑眼珠一转，想起什么，急急地说，你等等。跑回屋里，拿出一块蛋黄派，塞进爸爸手里。蛋黄派是儿子的最爱，爸爸哪舍得带走，又放回儿子手里。儿子不肯，与爸爸相互推托着。小小蛋黄派，在一大一小两只手里，推来推去。最后，爸爸拗不过儿子的好意，只好拿着。

爸爸将蛋黄派往兜里一抄，说，好了，爸爸要走了。儿子大功告成，满意地展开笑脸，对着爸爸的背影，大声喊，爸爸，你现在就可以吃。

爸爸走到外面，天空正飘着小雪，风吹在脸上，像冷冷的小刀。他缩缩脖子，竖起衣领，而心里，却是那样地温暖！

　　早上，年轻的妈妈刚上班，还未坐稳，工作任务就接踵而至。主管挑剔的语调，单调乏味的工作，让她不禁叹叹气。她一边用目光扫视眼前的文件，一边随手拉开皮包找东西。她的手，在包里触到软软的东西，是一包酸奶，还有一盒小饼干。她停止动作，静静看着，脸上溢满静静的微笑。

　　早上，儿子给妈妈拿来一包酸奶，一盒小饼干，说，妈妈上班时吃。妈妈笑，随口问，是不是像你出去玩时，带上好吃的一样？随手又将东西放在桌上，不晓得什么时候，儿子又放进了包里。

　　年轻的妈妈，心里有股暖暖的东西在流动，眼睛里，也不禁湿润了。

　　一天的工作她做得那样好，一切井井有条，而且，一天里，她一直微笑着，是那样地幸福与甜蜜。

爱，千金不换

▶ 文 / 鲁小莫

> 　　父兮生我，母兮鞠我，抚我、畜我、长我、育我、顾我、复我。
>
> ——《诗经》

　　她的菜店由车库改造。靠里的位置，用木板间隔一下，里面就是她和丈夫的卧室了。

　　每天晨练时，天刚蒙蒙亮，我就看见她骑着三轮车，从批发市场把菜运回来了。很晚时，菜店还亮着灯。小区成立初始，她的菜店就在那里了，菜又新鲜，足秤，因此她拥有一大批老主顾。

　　那天，我低头走到菜店前，正准备抬脚进门，一抬头，一堵大门挡在眼前。我惊讶极了，大白天的，菜店关门了！大门挡在眼前，感觉却像挡在心里，我皱了皱眉，转身去了别家。

　　第二天，依然如此。

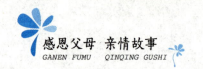

时间久了，我发现一个规律，下午三点至四点，她的菜店常常关门。这让我对她的印象大打折扣。太不敬业了，这不是把顾客往外推吗？

偶尔的一天晚上，我又去了她那里，把吃闭门羹的事说了。她抱歉地笑笑，说："我去我妈家了。"

原来，她的父母住在另一个小区。她常常趁着下午顾客相对少的时候，去一趟父母家，帮忙干点家务，说说话。

我说："这样会失去很多顾客。"

忙碌中，她将捋垂下来的头发，说："我知道。可是我想，钱赚多少都是不够的，钱可以用一辈子来赚，父母却不可以用一辈子来孝敬。我不像别的儿女那样，能给父母带来荣华富贵，我能做的，就是多陪陪他们，让他们多一些开心。"

我捡菜的手停住，抬头看她。这个貌不惊人的女人，在我眼前一下子变得鲜亮起来。

身边总有一些人，脚步被金钱驱使，总想赚了大钱后，再好好孝敬父母，却往往"子欲养而亲不待。"眼前的女人，用看似平凡的举动为父母带来温暖与慰藉，这是千金不换的呀！

爱来成就

▶ 文 / 芳语

> 家庭是父亲的王国，母亲的世界，儿童的乐园。
>
> ——爱默生

　　和朋友们一起吃饭，席间，有一位年轻的企业家。有人问他，让你最感到欣慰的一件事是什么？他对着满桌佳肴想了想，微笑地讲了自己的故事。

　　他刚来城里打拼的时候，很贫困。有一次母亲来看他，他陪着母亲在大街上走。路过一家饭店时，正值中午，饭店里的香味氤氲地飘出来，他的肚子不失时机地狂叫。他看了一眼母亲，母亲的眼神正飘向饭店。巨大的落地玻璃窗里，很多人正在就餐。母亲的眼神，有好奇，还有羡慕，他的心被刺痛一下。回到家，母亲做了两大碗面条，他狼吞虎咽地吃，心想，以后有钱了，一定要请母亲去饭店里吃一顿。

　　几年过去，母亲再到城里，他说什么也要请母亲去饭店吃一顿。母

亲百般推辞，一会说饭店里的饭菜不干净，一会又说自己不喜欢在外面吃饭。他知道母亲只是不舍得花钱罢了，他硬拉着母亲进饭店，安排她坐好，自己直奔前台点菜。他不想让母亲看到菜价，他对着菜单琢磨半天，他的兜里装着几个月来省下的钱。

他一共点了四样菜，母亲小心地询问每道菜的价格。他说，这个两元，这个三元……母亲吁出一口气，又说，两元也贵，两元钱，能买多少菠菜！这话说得他有点心酸。让他更心酸的是，他点的菜，并不适合母亲。母亲的牙齿嚼不烂牛百叶，麻辣鱿鱼根本不合乎母亲的口味。他的心里难过极了，他想，一定要有足够的钱，让母亲大大方方地点自己喜欢的饭菜。

再过若干年，他终于不再是那个经济拮据的小伙子了。虽然没有富甲一方，但手头上已宽绰有余。他开车拉母亲去饭店，选一个舒适的房间，把菜单递给她。眉眼舒展的母亲，终于可以坦然地面对菜单上的价格了。只是那些菜名搞得母亲一头雾水，他一样一样地讲给母亲听。母亲点完菜，仍不忘了补充一句：这顿饭钱，够我卖一头猪了。母子俩开心地谈笑。母亲尝尝这菜，说好吃，又尝尝那菜，也说好吃。他的心里快乐极了。

末了，朋友说，这件事，让我倍感欣慰。

朋友的话让我们一愣。本以为他会回答，让他欣慰的事是，事业的成功，人生价值的实现。旋即，我又释然，一个人仅有事业的成功是不够的。由爱来成就，事业便有了飞翔的翅膀，人生价值融入爱，才会发出最美的五彩之光。

不让母亲失望

▶ 文／芳语

> **母爱是世间最伟大的力量。**
>
> ——米尔

那天，碰到一位老同学，多年不见，彼此甚为惊喜。寒暄中，得知老同学开了一家装潢公司，事业正做得风生水起。我很"哥们"地捅他一拳，说："真有你的。"同时想起，我们下属一家分公司的办公楼刚刚盖好，正是需要装修的时候。说给老同学听，他眼睛一亮，我说："今晚我做东，引荐你认识一下那位分公司经理。"能为老同学做点事，我感到很高兴。

没想到他却犹豫了，沉思片刻，说："要不，改天吧。"

我惊讶地瞪圆了眼睛，商场如战场，时间与效率就是金钱，我不知道有什么事能让老同学推辞。

他说："我答应母亲今天晚上回家吃饭。"

我不由地笑了，原来这样，我还以为是他老婆今晚要生小孩之类的急

事。我说："那好办，给你母亲打个电话就行。"

他却挠挠头，说："那样的话，我母亲会失望的。"

见我愣着，他又补充："你想想，因为我要回家吃饭，我母亲满怀期待地买菜，做饭，就等着我推开家门，拾起筷子吃她做的饭的那一刻。如果我现在打电话说回不去了，那她一天的希望就落空了。我不能让母亲失望。"

我抬头望着老同学，心里除了钦佩，还有感动。

那天晚上我也跑回家，吃母亲做的饭，家长里短地胡侃，母亲听得津津有味。她的眼里，充满慈爱与满足。那一刻我明白了：不让母亲失望，这是多么好的尽孝方式。

你不怕得罪的那个人

▶ 文 / 卫宣利

> 没有无私的，自我牺牲的母爱的帮助，孩子的心灵将是一片荒漠。
>
> ——英国谚语

在外打工的小姑子，突然带了男朋友回来，郑重宣布要结婚。男孩儿家在湖南，是家中独子，既无工作亦无文凭。婆婆就这一个女儿，自然不能同意小姑子远嫁，更不能同意嫁给这么一个十三不靠的人。于是，家庭聚会上，提到小姑子的婚事，婆婆刚说了句不同意，她就像只烫了开水的鸡，立刻情绪激愤、言辞犀利、张牙舞爪地保卫自己的爱情，尖刻的话语字字如针句句似箭，不由分说、前仆后继，"嗖嗖"地直往婆婆的心口上射。

婆婆被气得脸色苍白、浑身打颤说不出话来，我把小姑子拉到另一个房间里，直到劝她完全平静下来，才问："你在外面和同事朋友相处，也

是这样任性暴躁，火随便发气随便撒吗？"

她马上否认："当然不是了，在外面我行为低调，宽容谦让，同事领导朋友都很喜欢我呢。"她大概也明白了我话里的意思，呆了呆，才不好意思地说，"我也不知道为什么，听到咱妈一反对就忍不住想发火……"

我说："原因很简单，因为你知道得罪妈没关系。你再和她吵冲她发脾气，她也不会和你记仇，照样疼你爱你关心你。但在外面就不行了，你冲领导发脾气，工作不想要了吗？跟同事使性子，人家才不会宠着你惯你这熊猫脾气呢，即使不当面和你吵，背后也难保不会使坏下绊子。和朋友发飙，胸怀宽阔点的，或许还能理解你原谅你，要是心眼小点，这朋友以后也别做了。也就是自己爸妈，怎么吵怎么闹也得罪不了，所以你才这样肆无忌惮。"

和朋友逛街，她正兴致勃勃地试衣服，电话响了。她拿过来一看号码，立刻满脸的不耐烦，接起电话就没好气地嚷："烦不烦啊？我正试衣服呢打什么电话？什么事急成这样？火上房了还是水淹床了？"

电话那头的声音很清晰："我就是想问一下，晚上你想吃红烧鱼还是清蒸鱼？是要鲈鱼还是草鱼？"

她火气更旺了："跟你说多少次了，鱼要清蒸才能保留鲜味，你怎么就记不住呢？拜托你有点自己的主见行不行？别总是拿这些鸡毛蒜皮的小事来烦我！"

挂断电话，她无奈地解释："我们家那口子，真拿他没办法，屁大点小事也来烦我。"

我笑："还不是你平时在家里作威作福惯了，人家敢有自个儿的主意吗？不过还真看不出来，你平时挺温柔和气的一个人，居然也会发脾气啊？"

　　她笑了，感慨道："在外面哪敢随便发脾气啊？领导、同事、下属、客户，哪个敢得罪？可是，谁没有烦闷急躁的时候，谁能始终保持良好的心态？烦了累了时，都想发泄一下。但这坏脾气，只能给爱你的人发，因为只有他会无限度地包容你，随时承受你扔过来的烦恼和怨气。我家先生，也就是个脾气好，不管我怎么和他发牢骚使性子，他都不恼。"

　　说到这里，她的眼睛湿润了："其实，爱的终极目的，也无非就是能有一个人，这样无限度地宠着自己，你永远也不怕会得罪他。"

　　是啊，每个人的生命里，都会有这样一个人，你委屈了郁闷了烦恼了疲累了，可以恣意冲他发泄，你怎样出格离谱都不怕得罪他。这个人如果不是你的爱人，就一定是你的父母。

母亲的时间

▶ 文 / 卫宣利

> 母爱是多么强烈、自私、狂热地占据着我们整个心灵啊！
>
> ——邓肯

回家看父母，想给他们一个惊喜，事先便没有打电话。进家门，狗的狂吠引出了母亲。母亲张着一双粘满面粉的手，眼睛茫然地使劲往外瞅，想分辨出来人是谁。直到我走到她面前叫她妈，她才反应过来，她欢喜地扯住我的胳膊，开口的第一句话就是："你上次是初九回来的，今天初七，中间隔了整整 27 天。"

我一下子怔住，想起上次和朋友去旅游，走之前给母亲打电话，笑问她："你会想我吗？"母亲答非所问地说："你放心去玩儿吧，你离开家还差 3 天才两个月。"

差 3 天两个月，57 天，有那么久吗？我每天忙着自己的生活，总觉得好像刚刚离开她。原来那些对我而言稍纵即逝的时光，于母亲，却是如此寂寞漫长。

是的，时间于我，如上膛的子弹，快得我还没来得及眨一眨眼睛，它便"嗖"地射了出去。读书、工作、散步、一日三餐、朋友聚会，偶尔出游……日子像上了弦，密集、紧凑、迅疾。一天、一星期、一个月，似乎还没有回过味来，今天已经变成昨天。

而母亲的时间，似乎是停滞的。我回一次家，她的记忆就留在那一天：她给我摊过煎饼又炖排骨，掰了玉米又摘豆角，把鸡蛋一个个摆在纸箱里让我带回来，把冰在井里的西瓜和葡萄拿给我吃……那一天，母亲是忙碌而快活的，她行动敏捷，笑语朗朗，全然不像父亲说的那样，每天无精打采寂寂无为。我给她买的每一样东西，和她说过的每一句话，都成了她的回忆，在此后寂寞而绵长的时光里，不断地被她重温、放大，成为她生活的惟一。然后，她计算着日子，等待我下一次回家。

记忆里的母亲，似乎不是这样的。那时候，母亲每天天没亮就起床，挑水、做饭、割草、喂牛、养猪、伺鸡，下地干活，去集市卖鸡蛋和羊奶，晚上在灯下为我们姊妹几个做衣服和鞋……那时候的母亲，像一阵旋风，很难看到她停下来。她的时间，匆忙而逼仄，想让她陪陪我，无疑是件奢侈的事。

而今，老了的母亲，安静了，清闲了，她的时间突然就多了起来。年轻时为了生活终日忙碌，使她几乎没有自己的爱好，多年糖尿病造成的眼疾，又使她的世界空洞茫然。时光轮回，就像幼年的我曾经视母亲为惟一的寄托一样，在母亲漫长空虚的时间里，我也成了她惟一的寄托。她渴望我能停下来陪陪她，一如当年的我。

想到母亲期待甚至谦卑的眼神，我的心忽然变得酸软。我知道，在母亲的时间里，我是她钟表的钟心，她的时针分针秒针全是我。而此后，我的那只钟表里，母亲也是钟心。我们的心在爱里重叠，相伴，一直到老。

那些卑微的母亲

▶ 文 / 卫宣利

> 全世界的母亲是多么地相像！她们的心始终一样，每一个母亲都有一颗极为纯真的赤子之心。
>
> ——惠特曼

每次去逛超市，都会看到那个做保洁的女人，也有五十多岁了吧？头发灰白，晒得黑红的脸膛上布满着细密的汗珠，有几缕头发湿湿地贴在脸上。她总是手脚不停地忙碌，在卫生间、在电梯口、在过道。她弯着腰用力擦着地，超市里人来人往，她刚擦过的地，马上被纷至沓来的脚步弄得一塌糊涂。她又得回过头去，重新擦一遍。

有一次，我上卫生间，正好碰到她。她的头垂得很低，看不到脸上的表情，只看见她两只骨骼粗大的手，捏着衣角局促不安地绞来绞去。那双手是红色的，被水泡得起了皱，有些地方裂开了口子，透着红的血丝。

她的对面站着一个年轻的男人，看样子是超市的主管，那人语气凛冽地训斥她："你就不能小心点？把脏水洒在人家衣服上，那大衣好几千块呢，你赔得起吗？这个月的工资先扣下！"她就急了，伸手扯住那人的衣袖，脸憋得通红，泪水瞬间涌得满脸都是。她语无伦次地说："我儿子读高三，就等着我的工资呢，我下次一定小心……我慢慢还行吗？可不能全扣了啊……"她几乎就是在低声哀求了。

那次，和朋友一起去吃烧烤。我们刚在桌旁坐下，就见一个老妇提着一个竹篮挤过来，她头发枯黄，身材瘦小而单薄，衣衫暗淡，但十分干净。她躬着身子，表情谦卑地问："五香花生要吗？……"彼时，朋友正说一个段子，几个人被逗得开怀大笑，没有人理会她的问询。她于是再一次，将身子躬得更低，脸上的谦卑又多了几分："五香花生要吗？新鲜的蚕豆……"

她一连问了几遍，却都被朋友们的说笑声遮住。她只好尴尬地站在一旁，失望和忧愁爬满了脸庞。我问："是新花生吗？怎么卖啊？"她急慌慌地拿出一包，又急慌慌地说："新花生，3块钱一包，5块钱两包……"我掏了5块钱，她迅速把两包花生放在桌子上，解开袋子口，才慢慢退回去，奔向下一桌。

逛街回来，遇上红绿灯，我们被交通协管员挡在警戒线内，等待车辆通过。这时，马路中间正行驶的车上，忽然有人扔出一只绿茶瓶子。瓶子里还有半瓶茶，在马路上骨碌碌转了几个圈，眼看就要被后面的车辗住。忽然，就见我身旁一个女人，猛地冲过警戒线，几步跳到马路中间，探手捡起那只瓶子，迅速塞进身后的蛇皮袋里。她的身后，响起一大片汽车尖锐的刹车声，司机气急败坏地冲她嚷："抢什么抢，不要命了？"

她一边赔着笑往后退，一边扬起手中的瓶子冲着我们这边微笑。我回头，这才看到，我身后还有一个衣着破烂的男孩儿，也竖着两根手指，在

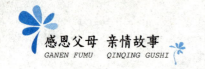

冲她笑。母子俩的笑容融聚在一起，像一个温暖的磁场，感染了所有的人。我明白了，她是一个贫穷的母亲。那个水瓶，不过一两毛钱，可对她而言，可能是一个做孩子晚饭的烧饼，或者是一包供孩子下饭的咸菜。

生活中，常常能看到这样的女人。天不亮就满城跑的送报工、满面尘土的垃圾工、摇着拨浪鼓收破烂的师傅、被城管撵得到处跑的水果小贩……她们身份卑微，为了一份微薄的收入兢兢业业。她们又无比崇高，为了孩子，胸腔里藏着震惊世界的力量。

她们有一个共同的名字：母亲！

你的温柔给了谁

▶ 文 / 千江雪

> 要知父母恩，怀里抱儿孙。
>
> ——谚语

晚上，陪朋友聊天，朋友怀孕 4 个月了，丈夫是军人，长年不在身边，她最近工作上又不如意，心情郁闷、烦燥不安，只好跑到我这里倾吐烦恼。为了帮朋友排忧解闷，我像个心理分析师一样，耐心开导，细语安慰，把矛盾冲突一一分解，娓娓道来，还把从网上看来的笑话讲给她听。在我的劝慰下，朋友郁结的情绪一点点消散，脸上渐渐露出明朗的笑容。

父亲的电话就在这时候来了，他说："我准备明天去城里，给你妈买某某胶囊，收音机里都讲了，那药对你妈的糖尿病有特效……"不等父亲的话说完，我就急了，冲他吼："告诉你多少次了，那是广告，骗人的！你是不是非要上一次当才信啊？"父亲讷讷地说："他们明天搞活动，买 6 盒送 2 盒，我估摸着，挺划算……"我的气更是不打一处来，声嘶力竭地

吆喝道："人家骗的就是你们这些老头老太太们，什么都信，一点防范意识都没有。上次不就是听信广告，非要买那个什么丸，结果还不是把钱都给白白糟蹋了……"

我言辞激烈、气愤填膺，根本不曾注意电话那头早已没了声音。等我急三火四地吼完，只听见那端沉沉地叹了口气，"啪哒"，电话挂了。我拿着话筒，半天回不过神来：这是父亲第一次主动挂我的电话，我刚才是不是有些过火了？

朋友看着失神的我直摇头，揶揄道："真没想到，原来你的脾气这么坏！咱们相处这么多年了，我还从来没见你这么暴烈呢。真怀疑刚才轻言慢语劝解我的是不是你……"我面红耳赤，有些尴尬："我不是着急怕他上当嘛，你不知道，我爸他太容易相信别人……"朋友打断我："我知道，可是，你为什么就不能温柔地对他说话？就像刚才对我那样？"

我怔住。又想起来，对老公，我也是这样急躁粗暴。为了他没有擦净地板，为了他总是从中间挤牙膏，为了他卖掉了涨得正好的股票……每一次，我都是气急败坏，急躁霸道，甚至摔盘砸碗，企图以这种粗暴的方式让他朝我希望的方向发展。我从没有像对待朋友那样，温柔、宽容、安静地聆听、耐心地解释。

我做过朋友情感的垃圾筒，在她失眠的夜晚听她倾诉直到黎明，却没有耐心听父母的电话；我在陌生人面前彬彬有礼、温文尔雅，却对自己的爱人粗声大嗓、暴躁易怒。我把温柔给了谁？为什么？越是对自己至亲的人越是缺乏温柔和耐心？是因为知道他们是自己骨肉相亲的人，会毫无条件地接受并原谅自己的任性和粗暴，我才会这样肆无忌惮、无所顾忌吗？

从今天起，做一个温柔的人，细致、耐心、软语温存，面对亲人，笑颜盛开。

摘　心

▶ 文 / 千江雪

> **女人固然是脆弱的，母亲却是坚强的。**
>
> ——法国谚语

　　她是单亲家庭长大的孩子，因为家暴，她两岁的时候母亲就和父亲离了婚。母亲在报社做投递员，每天早上四点起床，到报社取回厚厚的几摞报纸，骑着自行车从城东跑到城西，在楼群间上上下下地奔跑。

　　下午，她又要挨家挨户地去征订报纸，晚上又兼了一份工，给一家饭店打杂、洗菜、刷碗，手在劣质洗洁精的水里一泡就是三个小时，一双手粗糙皲裂得像冬天的树皮。

　　每天晚上回来，母亲的脚都肿得像发酵的面，一按一个坑。但母亲，从未让她为难过，每期的学费都会早早交上，只要她张口，母亲从未让她的愿望落空。她也懂事，早早学会为母亲熬香软的皮蛋粥，每天晚上端盆温水为母亲洗脚，细致地为母亲捏肩捶背……她们是最和谐亲密的母女，

在艰辛的岁月里彼此依靠相依为命。

打破这种安宁平静的，是那个男人。男人剑眉朗目潇洒俊逸，她爱上他眉宇间的逼人英气，贪恋他微笑时翘起的嘴角，她夜不能寐、辗转反侧、费尽心机，终于披荆斩棘将他从众美女中抢夺过来。走在那个男人身边，她觉得脚步轻飘飘的，想要飞。

她迫不及待地要带他回家给母亲看，母亲亦欣然，准备了丰盛的饭菜。只是那顿饭吃得尴尬，母亲追问着男人，问他做什么工作收入几何可有房子？都是些很俗的问题，她臊得小脸通红鼻头冒汗，母亲的脸却越来越阴郁，山雨欲来风满楼。

果然，母亲不同意。母亲说，他连个正经的工作都没有，地无半亩房无一间拿什么养你？长得好看管什么用？这种又帅又穷的男人尤其不能要，将来都是吃软饭的主……

她坚持争辩，狠话一句一句当啷落地：你这是偏见，我就是爱他，谁也甭想把我们分开！你再逼，我就跟他私奔，以后你再也见不着我……她没想到一向温顺的自己竟突然像只凶猛的刺猬，说出的话像一支支锋利的小剑，朝着母亲狠狠刺去。

母亲怔怔地看着她，全身颤抖着，大口地喘气，眼睛几乎要冒出火来。忽然，母亲迅疾抬手，一个响亮的耳光脆生生地落在她粉嫩的脸上，母亲骂：不争气的东西，养你有什么用？

母亲这一掌也激怒了她，她捂着脸满腔悲愤夺门而去。母亲在身后喊她的名字，她头也不回，一路飞奔。

从此便和男人在一起，在租来的房子里，她像个勤勉的妻子，为他洗衣做饭，打扫卫生。男人没有工作，一天到晚游手好闲。她在外面拼命赚钱养家，回家又低心小意地侍奉他，累，却不后悔。她爱他，愿意养着他，甚至为他怀了孩子。直到有一天，他突然从她的世界里消失，卷走了她所有的现金和存折，桌子上只留下简单的留言：我们结束了，不要找我。

她觉得天塌了、地陷了、世界末日到了，在床上躺了三天，滴水未进，日子过得昏天地暗。第四天，她从床上爬起来，步履蹒跚、头发蓬乱，去医院做流产手术，这孩子，她不能要。

坐在医院的长椅上等待，一个人忽然站在她面前，拉起她就往外走。她挣扎，嚷：我要斩草除根啊，妈！

母亲坚定地拉着她的手往外走，说，斩什么草除什么根？那是你的孩子！没见过你这么狠心的娘，我当初要是像你一样，哪儿还会有你？儿是娘的心头肉，动一动都要疼的，你要把他做掉，不是在摘你的心吗？……别怕，生下娃妈帮你带，妈不会让你和孩子受一点委屈的……

母亲一路走一路说，她跟在后面，早已泪流满面。是啊，儿是娘的心头肉，可她是多么残忍，曾经为了一个男人，几乎活活地把母亲的心摘掉……

第三辑

Chapter Three

醉美文摘

Zuimei Wenzhai

爱，互相交换

▶ 文 / 千江雪

> 谁言寸草心，报得三春晖。
>
> ——孟郊

　　去女友家，正好她老公从外面回来，进门就吆喝："快，出去搬东西！"朋友正忙着给我们沏茶，便打发他："多少东西啊？你一个人还拿不回来？我这儿还忙着呢。"她老公把半袋面粉放在地上，直喘气："去看看就知道了。"

　　我自告奋勇地随他去搬东西，果然，车的后备厢里塞得满满的，是各种各样的吃食：枣花馒头、红薯粉条、焦炸丸子、扁垛块、炸油饼、土鸡蛋、黄瓜、青菜……一样一样搬回来，看着一地丰富的物产，我笑："看这阵势，是回老家了吧？"他坐在沙发上喘气："可不，你看，回趟家，跟打劫似的。我妈这也要装，那也要带，恨不能把整个家给搬过来。"

　　女友说："那还不是互相交换吗？你回家的时候，干果、蔬菜、水果、鱼肉，不也是恨不能把超市搬回去？"

她老公说："没错啊，就是互相交换。咱把老家缺少的东西带回去，爸妈把家里的土特产给咱捎回来，虽然交换的是东西，传递的，却是爱呢。你看，这馒头扁垛丸子油饼，都是妈昨晚熬夜做的，又是蒸，又是炸，忙了大半宿。家里就养了5只鸡，这一箱子土鸡蛋，他们足足攒了半个月呢。还有这菜，是他们自己种的，没打过农药。面粉也是自磨的，原汁原味。当然，这些东西，加在一起也值不了几个钱，但每一样东西里面，都浸着父母的爱，是无价之宝呢。"

我听着，心里禁不住生出无限感慨。我想起自己每次回家，也要大包小包地往家里拿东西，爸爸爱吃的牛肉排骨海鲜丸子，妈妈喜欢的雪饼柚子核桃，豆浆机、按摩枕、泡脚盆、四季的衣服……而每次回来，那些包又被爸妈装得满满的，嫩玉米，鲜花生，一把香椿芽，几串紫葡萄，妈妈烙的煎饼，爸爸腌的辣椒酱……

每次回家，他们总是一边训我乱花钱，一边眉开眼笑地试新衣，喜气洋洋地把我买给他们的东西展示给邻居看。每次离家，我也总是一边嚷着太沉拿不动，一边又任由爸爸把包塞得满满的。我从不拒绝，凡是他们给的，我全部都带走。因为拒绝那些东西，就意味着拒绝了父母深切的爱。他们亦不拒绝我的礼物，知道每样东西里，都包藏着女儿一颗温柔的孝心。我们彼此清楚对方的喜好，总是想把最好的东西，带给对方。我知道，我们交换的，不是东西，而是彼此最深的爱。

现在，有了女儿，每天要给她喂奶、喂水、洗脸、拍嗝、陪睡、陪玩、换洗尿布，很累。可是，只要看到她展颜一笑，便顿觉满世界的花都开了，阳光灿烂空气芬芳，所有的劳累瞬间烟消云散。我的悉心照顾，换她甜美一笑，我觉得，很值。

这就是爱的交换，没有世俗的功利价值当作衡量标准，更无需权衡谁付出得更多，只是用我的真心，换你的倾心。

父亲的墓志铭

▶ 文 / 侯拥华

> 父子之情在心，而不在于血肉关系。
>
> ——席勒

17岁那年，他上高三，正值人生的十字路口，却因为一件恶性伤人事件，而被警方四处通缉。

很快，父亲和母亲也都知道了他的事情。母亲在家里哭得死去活来，而父亲，则四处疯狂地找寻他。

那时，他躲在一个偏僻的鲜为人知的废弃厂房里。只有在深夜行人稀少的时候，才偷偷跑出来，找些吃的。其间，他躲藏到街边一个冷清的电话亭里，偷偷给家里打电话。过了许久，才有人接，电话那头，是父亲的声音。一阵哭泣后，他听到父亲乞求的声音，父亲劝他回来投案自首。之后不久，他又听到父母在电话里的争吵声，吵闹中，母亲在电话那头大声告诉他要远走天涯永不回来。当时，他只知道害怕，只知道自己会要坐牢，可能一坐就是几十年。

挂了电话后，他静心想了想，决定继续逃，他不愿意年纪轻轻就蹲在大牢里耗费青春。那时，他听说父亲也在四处找寻他，有好几次，他差一点被警察和父亲发现。所以，他总是昼伏夜出，尽量避开别人的目光与询问，看到警察和父亲模样的人，就赶紧避开。在他看来，父亲早已是警方的"线人"，他内心里恨透了父亲。

他开始流浪他乡，在外流浪，转眼间就是三年。三年的流浪生活让他吃尽了苦头，也让他身心疲惫。身在异乡，他对家的思念日渐强烈，尤其是对疼爱他的母亲。

他开始往家赶，在一个漆黑的夜里，他来到了村庄外。他没敢走回村的那条大道，而是斜穿过田地，悄悄进了村庄。那时，整个村庄已经进入梦乡，没有人会注意他。他很熟悉地就来到自家门口，然后麻利地翻过墙。

他躲在卧室窗下仔细地听，听了许久，只听到了母亲的叹息声——母亲还没有睡。奇怪的是，他并没有听到父亲的呼噜声。家里好像只有母亲在，而父亲或许还在外面找寻他——他这样猜想。在确定屋子里没有父亲后，他开始轻轻扣击房门。

母亲问，是谁呀？他低声回答，是我。确定是他后，母亲才开门。他的出现，让母亲倍感意外与惊喜。一阵相拥而泣后，母亲拉他坐下说话。他向母亲诉说自己在外面的种种经历，之后，开始问起家里的事情，然后又问到了父亲。这时，他才从母亲口中得知，父亲两个月前刚刚病故——寻他回来后不久，死于突发脑溢血。

母亲又告诉他，父亲死后，并没有埋进祖坟，而是埋葬在了村庄口的大道旁。母亲说到这里时，他极为惊诧，忙问母亲原因。母亲这时泪如

泉涌，好半天才止住哭泣，告诉他，那是你父亲临死时留下的遗嘱，那样做，他是想在你回家的路上能亲眼看你几眼——而那个路口，是村里人回家的必经之路呀。

母亲的话，让他极为震惊，他积聚在内心深处对父亲的仇恨，一瞬间，都化为乌有。

夜过三更，他不得不辞别母亲，继续浪迹天涯。在离开村庄的时候，他特意来到那个路口看望父亲。

在通往村庄的大道旁，他看见了一座新坟，他知道那就是父亲的坟墓。他来到坟前，停了下来，扑通一声，向着墓碑跪下，然后号啕大哭。几年来积压在心中的泪水，又一次喷涌而出……

天快亮的时候，他才起身告别。借着晨曦微弱的光亮，他看清楚了墓碑上面刻着的大大的文字——浪子回头金不换。他一下惊住了——那句话，是父亲最后的遗言，也是父亲唯一的墓志铭。

他伫立在那里，许久才离开，他最终读懂了父亲。他向村庄外走去，向父亲所指的那条通向光明的路走去……

生日礼物

▶ 文 / 侯拥华

> 男人通常都是铁石心肠，但只要当了父亲，就会有一颗温柔的心。
>
> ——杨格

18岁生日那天，他收到了一份独特的礼物。

那份礼物于他有着特殊的意义。

其实，18岁生日还未来临时，他就做好了种种"安排"——让开出租车的父亲给他一大笔钱，他要大大方方地请同学们一块儿出去开一个热闹开心的party。他还预想了当时热闹的场面——在一个大酒店里，餐桌上放着巨无霸生日蛋糕，蛋糕上点燃着18根生日蜡烛。在一阵欢呼声中，同学们将他团团围住，一同为他唱生日快乐歌……迪厅中，他们载歌载舞的狂欢……

然而，17岁那年，他生日临近的时候，家里出了变故。先是父亲遭

遇车祸住进了医院，接着便是母亲下岗，家里很快就陷入了前所未有的经济危机。为了给父亲看病，家里早已债台高筑。为照顾父亲和家里的他，母亲整日忙碌，在医院和家之间辛苦地来回奔波着。

于他来说，18岁，人生最重要的生日，就这样注定要平淡无华地度过吗？那些盘旋在他脑海中的种种生日设想，此时将全部成为泡影。

18岁生日到来的那天清晨，他早早就起床了。起床后，才发现母亲早已出去了。他无奈地自己准备早餐，草草吃了几口，就匆忙地赶往学校。中午回去的时候，家里依然冷冷清清，没有母亲的踪影，他一赌气，不吃饭走了。

他猜想母亲一定是为父亲的医药费筹钱去了，因为，最近他听母亲说过，父亲的医药费就要用完了，如不马上续上，很快就会被停药。这对于正在治疗期的父亲来说，无疑是极为不利的。他能理解母亲的苦衷，但他还是有些不悦——18岁生日，于他，这么重要的日子，母亲竟然忘记了。

那天晚上，他很晚才回去。几个要好的同学为他买了许多生日礼物并凑钱为他过了一个简单的生日。但他还是很失落，之后，悲伤的他就一个人在街头毫无目的地游荡。

当他推开家门时，他发现母亲正在厨房里忙碌着准备晚餐。厨房里正升腾着热气，不时响起勺子和炒锅的碰撞声。他心头一热，他知道母亲并没有忘记他的生日。这时，他忽然看到了父亲的身影——坐在卧室的床上，用温和的目光静静地看着他。他终于明白了母亲的良苦用心，为了给他过好生日，母亲特意到医院将父亲接了回来。看着疲惫忙碌的母亲和虚弱憔悴的父亲，他眼底忽然有泪光闪烁。

母亲的饭菜很快就准备好了，他们全家围坐在一起开始吃饭。那桌饭菜，没有他预想得那样丰盛，而母亲和父亲在用餐期间，自始至终也没有向他说一句生日祝福的话语，可是他还是从中发现了些特别的地方——父亲平生第一次那么平和地望着他；母亲第一次用一个大碗为他盛饭，而这之前，他吃饭用的从来都是小碗。

他和父亲对坐着。他发现，父亲的面前放着的是他早晨还用着的小碗；而他面前，放着的却是父亲经常用的大碗。

望着父亲和母亲温和愧疚的目光，他热泪盈眶——那个大碗，他觉得，是他收到的，最好的，18岁的生日礼物。

第二次洗涤

▶ 文 / 侯拥华

> 我们有谁看到从别人处所受的恩惠有比子女从父母处所受的恩惠更多呢？
>
> ——色诺芬

她和继母之间有着很深的隔阂。她总以为，继母就是继母，永远也不会像她的亲生母亲那样待她。

还记得小时候，母亲总是亲自帮她将衣服脱掉，然后把她的小衣服放在满是泡沫的水盆里，反复地搓洗，洗净后，再挂在阳光下晾晒。当她再次穿上的时候，她总能嗅到一股淡淡的芳香，那香味常常让她感到莫名地眩晕——那是幸福的眩晕，是品尝母爱后，甜美的、知足的滋味。

可是，她7岁那年，母亲死了。自从母亲死后，继母来了，许多事情一下子就变得陌生起来。譬如，吃饭要自己盛，衣服要自己穿，脏衣服要自己洗，就连空闲时间也不许出去玩，还要在家帮助继母做家务……做这些事情的时候，继母总是拿出一副假惺惺的关爱的样子说，学会了，长大才不吃亏。可是，她从没感觉到来自继母的一丝真心的关爱，与日俱增的却是对继母的憎恶。

有时候，父亲看着她冻得红红的小手在吃力地搓洗衣服，会心疼地说，她年龄还小，你替她洗了吧。这时，继母会把眼睛一瞪，生气地说："年龄还小……不小了，今年都8岁了。我8岁那年，早学会干家务了。早学会自立，早成材，这也是对她好！"父亲听后，不再作声，摇摇头走开了，任凭继母对她"指教"。

在继母的"调教"下，她早早就学会了洗衣、做饭、种菜……就连学习也是出类拔萃的。许多大人见了都会夸她能干，小小年纪，就能把饭做得喷香可口，衣服洗得干净清爽。可她从来没有打心眼里感激过她，她总以为继母这样做，是为了帮她减少负担。

转眼间，继母来到他们家已经6年了，她也从一个不懂事爱哭鼻子的小妞妞长成了亭亭玉立的大女孩儿了。初三那年，她从学校回家，告诉继母，要考学，学习紧张，学校要求学生统一住校。继母哼了一声，随即开始为她准备住校用的铺盖。

因为学习过于紧张，她常常忙得晕头转向，所以，不得不把脏衣服都带回家洗。每次回家，她都要装满一大包的脏衣服。满以为继母会体谅她帮她洗，可是她错了，她带回去的脏衣服，继母连看也不看一眼就给她扔到水池边了。所以，她只好一如从前，自己洗。

每周周日回去，她做的第一件事情，就是匆匆忙忙地洗脏衣服，然后去写没完没了的作业，走的时候，她再带一些干净的衣服上学去。每次看到继母看着她忙碌而无动于衷的样子，她就一肚子气，把牙齿咬得咯嘣咯嘣响。

终于有一次，她憋在心中的不满和怒火爆发了。当继母再次将她的衣服扔到水池边的时候，她气愤地冲上去，一把拦住继母，和她大吵起来。委屈的泪水顺着她的脸颊淌下来，而继母冷着脸，气愤地转身而去。她和继母之间的关系彻底僵了，冷至冰点——见面后不是吵闹就是"冷战"。

那年冬天的一个周一，她因为忘了带周日写的作业，只好回家去取。

那是一个深冬的早晨，冷风呼呼地吹着。她骑着车一路狂奔，拼命地用双脚蹬，企图靠剧烈活动来抵御这逼人的严寒，可是到家后手脚还是冻得像个木头。一下车，她连站都没站稳就摔倒了。

刚爬起来，她就推开院门急切地往屋里冲。

只迈了两步，她忽然惊呆地站住了。站在院中，她惊讶地看到，继母静静地坐在水池边，弯下腰，正安详专心地洗衣服。冷风将她的脸吹得通红，还不时撩起她额前的头发。而远处，晾衣绳上，挂满了花花绿绿色泽艳丽的湿衣服——那全是她的，还是她周日刚洗过的。

她一脸疑惑地望着继母，而继母，却像一个做了错事的孩子，手足无措，惊慌不已。

后来，她终于明白——那是继母一直隐藏着的，习惯性的"第二次洗涤"。其实，现在她洗的衣服已经很干净了，可是，继母却还情不自禁地保持着她"第二次洗涤"的习惯。

暖　脚

▶ 文 / 琪琪

> 一间茅屋何所值？父母之乡去不得。
>
> ——唐·王建

娘老了，满头白发、身如弯弓，还病了，面呈菜色、瘦如薄纸整宿整宿地咳嗽。病了的娘咳得很厉害，咳起来声大如雷、气壮山河，连房子都跟着一颤一颤的。

有一次，夜里，娘还吓跑了一个入室盗窃的贼。贼一露头便被娘瞟见了，娘边咳边说，想拿什么……就拿什么吧……别客气……最好……把我的命……也拿去……我这老太婆……就不用再遭罪了。那贼听了娘的话，一缩脖子就不见了。

为给娘看病，柱子弄来一堆草药，天刚麻麻亮，就爬起来给娘熬。

娘喝药如同吃饭，一日三顿，从太阳初升一直喝到夜幕降临。每到晚上给娘喝药时柱子就会说，娘，你别担心，再喝这一碗你的病就好了。娘

没听见，娘正在拼命地咳嗽，她一手撑着床，腾出另一只手用来捂住胸口，生怕把心和肺一不小心给颠出来似的。每次咳完娘的脸就红扑扑的，像喝了小酒。咳一阵子然后歇息一阵子，中间的时候，娘会用这难得的大好时机大口大口地喘粗气。娘也会跟柱子说说话，可话说到半截，总被突如其来的咳嗽声打断。后来，娘干脆就不和柱子说话了。

娘病很久了，总也好不了，还怪得很，夜幕一拉下来病就来了，等到夜幕退去，天光放亮，娘的病就好了。天亮了，咳了一夜的娘累了，终于闭上眼睛睡着了。这个时候的娘就不咳了，红扑扑的脸，粉粉的腮，娘像一个刚刚出生躺在大人怀里的婴儿，甜甜地睡去。

柱子不愿打搅娘的美梦，柱子会走上前给娘理顺纷乱的鬓发，然后轻声唤娘，柱子说，娘，天亮了你起来吃口饭吧。娘不理他，娘睡得正香还打着呼噜呢。睡着的娘也会翻身，一翻身，她身下的木床就吱呀吱呀地响，像在忍受一场无法忍受的酷刑。那是一张比娘岁数还要大的物件，祖爷爷传给爷爷，然后传给了爹。爹死得早，柱子八岁那年爹就病死了，守寡的娘拉扯着柱子生活，一晃三十多年过去了。

深冬的夜晚特别冷。夜深了，柱子去看娘，发现病了的娘第一次在夜晚有了睡意。她合着眼，面目安详，连咳嗽都止住了。柱子决定趁娘睡着的时候出去给娘再抓一些草药，虽然那些草药很金贵，但娘需要；虽然那些草药治不了娘的病，但能拖住娘的命。要是没那些草药，娘早就走了。

后半夜时柱子裹挟着一阵冷风推开屋门进来，门吱呀一声脆响，把娘惊醒了。一进屋，就听见娘在叫他。

娘说，柱子呀，就别再弄那些草药了。再吃，娘的病也好不了。

柱子咧嘴一笑，说，娘，你放心，再吃几付，你的病真的就好了。现在，你不就不咳了吗？

娘说，不吃了不吃了，省着给你娶媳妇吧，你也老大不小了。

柱子说，娘，不急，等你病好了就娶。

娘说，柱子呀，我白天的时候梦见你爹了。你爹说他想我了，叫我过去陪他。

柱子一听就流泪了。

娘说，柱子呀，娘今个儿咋觉得冷呢？冷得我直哆嗦，我的脚咋像戳进了冰窟窿里？

柱子说，娘，你别怕，我给你暖暖脚吧。

后来柱子就坐在娘的床边，揭开自己的棉衣，掀开娘的被角抓住娘的小脚，慢慢塞进自己怀里。一塞进去柱子才发现娘的那双小脚可真小真瘦呀，一点肉都没有，还凉得要命。

柱子捂在怀里就像怀里戳着两根干柴棍子，握着娘的脚，柱子就想起自己小时候，天冷的时候，娘也这样给自己暖脚。柱子把肥嘟嘟的小脚丫探进娘怀里，紧贴着娘的肉，有时放在娘白皙柔软的肚皮上，有时会蹬着娘鼓囊囊肉呼呼挺拔的胸脯。有一次，柱子有意把脚探到娘的胳肢窝里挠娘的痒痒，娘就嘎嘎地笑。

想着想着柱子就靠着床头睡着了，打起了呼噜。可梦中的他还忙碌不停，他劈柴或者下地、做饭或者洗衣、清扫或者挑水、买药或者熬药、唱歌或者哭泣，欢笑或者发呆……再怎么忙碌，柱子总不忘给娘熬药。那些采来或者买来，甚至是赊来的，白的、黄的、黑的、紫的、柴木棒状、块状以及粉状，形形色色、林林总总、五花八门的草药，顺着柱子抖开的纸包缓缓滑进药锅里。盛了药，添瓢水，再拾起一把柴禾投进炉里，就开始熬药了。

不一会儿，锅口就开始咕嘟咕嘟地冒气泡。那些冒着的气泡，咕嘟、

咕嘟、咕嘟嘟、咕嘟嘟，唱着快乐或悲伤的歌，很快屋子里就烟雾缭绕弥漫着呛人的中药味。药熬好了，倒出来，凉好，柱子把药端到娘床头，把娘唤起来，一口一口吹去碗口的热气，再尝一口，然后才一勺一勺把药送到娘的嘴边。娘张开嘴哧溜溜地喝，两腮塌出深深的坑。后来柱子还梦见了爹，弯腰驼背瘦骨嶙峋的爹。爹眉宇间还有几丝英俊的气息尚存，那时娘鲜嫩得如一截洗净的白藕，柱子还是一个穿开裆裤四处乱跑的娃……

娘在后半夜醒来，醒来后，娘没叫柱子，娘知道柱子太累了需要休息。娘只是从柱子怀里慢慢抽出干瘦的双脚，然后使尽全身力气把柱子的双腿搬上床来。娘脱去柱子脚上的鞋和袜子，还轻轻掸去上面的尘土，看尘土在烛光中飞舞。后来，娘细眯起眼睛，用那双枯瘦的手反复摩挲着柱子的大脚，像在把玩一件世间珍品。看够了，才把它放进被窝，裹进自己怀里。

那个晚上不再响起娘忧伤的叹息和无休无止的咳嗽声，夜晚第一次给这个摇摇欲坠的家庭呈现出它安逸宁静、祥和美好的一面。

天亮了，柱子在一束阳光中慢慢醒来。醒来后他发现自己正躺在温热的床上，床上散发着温暖腐朽的气息。那时候的柱子双腿裹在被窝里，双脚被娘紧紧抱在怀里，他用了好大劲才将双脚挣脱开娘的怀抱。抽出被窝时，那双大脚还热乎乎的，正冒着丝丝热气。可娘的身体却早已经僵硬冰凉。

通往春天的雪路

▶ 文 / 琪琪

> 使你的父亲感到荣耀的莫过于你以最大的热诚继续你的学业，并努力奋发以期成为一个诚实而杰出的男子汉。
>
> ——贝多芬

他是父亲最小的儿子，本应该受到父亲最多的娇宠，可他顽劣的秉性却让父亲极为反感。

他调皮捣蛋得很，不是和别的孩子打架，就是带领一帮坏孩子去偷别人家地里的西瓜、蔬菜或是树上的水果。他顽劣的行为，常常招至别人一番恶毒的谩骂，有时甚至还让人家找到家里来，指着父亲的鼻子说他的不是……结果，屡教不改后，无奈的父亲只好用拳脚来教育他。

他成了父亲的"心腹之患"，父子间的战争，因此从未停息过。

还记得那年的冬天，十几岁的他独自一人偷跑出来到山里打野兔，一走便是一天一夜。那次"行动"，他是为了帮助父亲解决家里的温饱问题——家里的粮食就要吃完了，许多次，他们全家都饿着肚子。回来时，

肩头背满了猎物的他，一脸自豪地站在家门口向父亲炫耀，原以为会得到父亲的一番夸赞。而父亲的表现，却令他大失所望。父亲气得浑身颤抖，大发雷霆，从身边捡起一根木棍，挥舞着就向他打来，一棍子将他打翻在地。而他，就倒在地上，咬着牙，怒目而视，一声不吭，泪水却顺着脸颊悄悄淌了下来。

那个冬天的雪夜，生性倔强的他赌气从生他养他的小山村出走了。带着仇恨与不满，带着倔强与失望，走出了大山，也走出了父亲的视野。

多年后，他在外面结婚生子，成家立业，有了一番自己的天地。但他常常会在寂寞的夜里想念起故乡来，想念起亲人来。

时光过得真快，转眼间离家已经十五年。那是一个冬天的早晨，他收到了一封经朋友手几次辗转才捎来的信。在收信人一栏写着他的名字，原来，那是一封他期盼已久的家书。

拆开看，信是哥哥写的，发黄的纸张，密密麻麻的文字，字里行间布满了思念之情。哥哥在信尾，很谨慎地道出心思——恳请他早日回家。

那封家书，被他拽在手心里的汗水生生地浸湿了。睡前，媳妇见他轻轻将它装好，无奈地压在了床头。然后，生活依旧。可后来的他却日渐憔悴起来。他眼前，总也挥不去父亲当年挥舞木棒大声斥责的身影……

那年的冲突和不辞而别，一定成了父亲心头不解的仇恨，父子间早已有了不融的坚冰。他始终无法鼓起回家的勇气，回去后，怎么面对自己年迈的父亲啊？他想，父亲始终是不喜欢他的，每当想到这里时，他总会无奈地摇头，叹息。

那年冬天的岁尾，即进春节的日子里，城市郊区偶尔响起的鞭炮声一下子惊醒了他所有儿时的记忆，四处飘散的年味又勾起了他浓烈的乡思。每次外出，每当见到别人一家家亲人团聚、其乐融融的情景时，他总会暗自落泪。

是在一个大雪过后的黎明，他终于决定独自一人驱车，赶往家乡——他只是打算到村头看看，看看生他养他的小山村，家门他是不会进的。出发那天，天还没有亮，可一整晚的大雪已经将路封住，通往山区的公路，囤积着厚厚的雪，他的车只好艰难缓慢地在路上行驶。

一路上，他都沉默不语，浓烈的悲情漾在脸上，心头翻滚着复杂的滋味。车开得并不顺利，眼前绵绵不断又厚实的雪路曾经几次激起他退缩的念头，但他终究还是战胜了自我。几个小时的艰难跋涉后，通往家乡的路就在眼前了。

车绕过一座山头，一转头就进了通往家乡的山路。令他惊奇的是，眼前的那条通往家乡的路，早已被人清扫出一条窄窄的道儿。那路曲曲折折，连绵不断，一直延伸到村庄里。看样子路像是刚扫过，竹扫帚的扫痕还清晰可见。他眉头皱了起来，一脸的不解，心头更是平添了几分好奇。

他一路驱车，长驱直入。野外静悄悄的，没有过往的车辆拥挤，他很顺利地将车开到了村头。不能再往前开了，再往前就会被村人发觉的，这不是他此次回去的初衷。他这样劝告自己。

然而，那条被人清扫过的路一直在眼前延伸，竟然吸引着他鬼使神差、马不停蹄地往前开。

不经意间，车进村了。

整个小山村还沉浸在早晨的寂静中，只有风呼呼刮过，鬼叫一般。眼前，不远处，清扫出来的雪路已经到了尽头——停在一户人家的门口。这时，他看见一位老人，满头银发，一脸沧桑地站在家门口。老人一只手支着扫帚，一只手正不停地拭着额头的汗，而目光正从家门口伸向清扫出来的雪路远方……

那一刻，他愕然，僵住，然后泪流满面。

为你一个人跳舞

▶ 文 / 安宁

> 在孩子的嘴上和心中，母亲就是上帝。
>
> ——萨克雷

一

春天的时候，她打电话给我，说，院子里的桃花开了，一朵朵的，芳香扑鼻，连邻家的狗狗都吸引来了呢。我笑，说，一定记得摘最明艳的一朵，戴在耳际哦，她略略迟疑，试探说道，别人会笑话的吧，都这么老了呢。我看着电脑桌面上她年轻时灿烂明亮的笑容，飞起的发辫上闪烁着光泽，她的视线望向遥不可及的远方，有着那样外人无力阻挡的自信与骄傲。这让我一度以为，我与她，除了遥遥地看一眼，而后各自行路，永远不会真正地抵达对方的心灵。况且我与她，又都是那样执拗的女子，只是她的执拗，是因为美丽；而我的执拗，则是因为，这么多年，我一直想要摆脱掉她留给我的阴影。就像而今，她想要摆脱掉疾病带给她的恐惧，和时光的长衫无情罩下来的衰老一样。

她是从什么时候开始老的呢？或许连她自己都没有察觉吧，她只是开始一次次问我，自己眼角的皱纹是否又多了一道？耳鬓的头发怎么又白了一片？新买的衣服，怎么穿为何都觉得别扭？而那些院子里开得热烈的花花草草，为何她看着看着，就会莫名地感伤？这样的问题，每一次打电话，她都会拿来问我，但从来不指望我会回答。这更像是她一个人的自言自语，而我，不过是一个可有可无的听众，就像许多年前，我在她的面前，曾经也是一个可有可无的外人一样。

很小的时候，她就为了自己的事业，将我丢给了奶奶。她是一个舞蹈演员，极其爱美，生我都是勉强。我只喝了几个月的奶，她便毅然地给我掐掉，而且迫不及待地从家里逃出来，去舞蹈房拼命地健身。我很少依偎在她的怀里，或者像别的女孩子那样，吊在她的脖颈上撒娇。

她总是将我渴盼的眼神，用华美的服饰，闪耀的耳环，冷冷地熄灭在萌芽状态。她每隔两个月，便会做一次外地演出，临行前，她总是哼着歌，一件件地收拾自己的行李，将瓶瓶罐罐的化妆品叮叮当当地放到背包里去，看见我站在门口，小心翼翼地看她，便会走过来蹲下身，用力地抱我一下，说：乖，在家听奶奶的话。我拘谨地靠在她陌生的怀里，闻着她头发上茉莉的芳香，常常就微微地闭起眼睛，安享这样难得的温柔。

这是她留给我的童年，唯一柔软的记忆。此后我便被寄养到郊区的奶奶家，与她愈加生疏隔膜。

二

读初中那年，因为她在电视上频繁地出镜，附带地，我也成了学校里的名人。常常就有男生截住我，挑衅似的问道：嘿，章小爱，你妈妈真的

是电视上那个跳芭蕾舞的女演员么？我极骄傲地白他们一眼，反问道：难道还有假的么？男生们嘻嘻坏笑：说不定哦，她长得那么漂亮，可是你一点都不像她，不知道究竟哪一个是假的呢。而女生们也会在下课时围成讨厌的一小撮，说起她在电视上的一场演出，又回头居心叵测地瞥我一眼，低声说，嘿，真是奇怪，身材那么好的妈妈，怎么生出一个矮矮胖胖的女儿呢？她不会是收养的吧。

我快被那些八卦的男女生给弄疯了，直到有一天，一个女孩出主意说，让你妈妈每周来接你一次，或者，等到我们元旦晚会的时候，你请她来跳一段舞，我保证那些搬弄是非的人会嫉妒死你的幸福呢。

我那天晚上做梦，梦见她真的去了我们教室，是上课的时候。她先是在外面微笑着等我，提了许多好吃的东西，而后又轻轻叩我们的门窗，老师走过去，打开来，看见她，竟是兴奋地尖叫起来，一定要请她跳一段芭蕾给大家看。她先是羞涩，看见我期盼的眼神，终于走上讲台，说，请让我将这段《天鹅湖》献给我亲爱的女儿章小爱，没有她在背后默默的支持，就没有我今天的成绩。台下的掌声雷鸣般地响起，而我的眼睛也涌出热乎乎的眼泪。

但还没有来得及听到同学羡慕的议论，梦就醒了，侧耳听见客厅里走来走去的脚步声，我睡眼惺忪地打开门，看见她已经收拾好了东西，又要准备去外地演出了。回头瞥见我失落地倚在门口，她只是习惯性地问一句：小爱，睡得好么？记得在家听爸爸的话，我要许多天后才能回来。

我第一次主动地问她：那你能不能来参加我们班里的元旦晚会？她微微一愣，回头探寻着看我一眼，说，我会尽快回来争取参加的。而我，却在她这句温柔的回话里，迅速地将头扭向一边去。

她是到元旦晚会的前一天才回来的，我等着她来敲我的门，将可以去参加我们晚会的好消息告诉我。但最终她没有来，迷糊中，听见她跟父亲说：明天晚上市里又有一场演出，你和小爱，自己做点饭吃，不必等我了。

我知道那场我已经向同学承诺过 N 次的晚会，再也不必等她了。她已经完全地，将我鼓足了勇气才说出的邀请忘记，就像忘记我是她亲生的女儿一样。

三

在我高中毕业以前，她就像电影《红菱艳》里那个女主角，一旦穿上舞鞋，就再也停不下来。如果舞蹈是她心里的大片草坪，那么，我顶多算是其上最衰颓的叶子。她只记得如何侍弄那些夺目的花草，如何将自己小小的花园，经营得有声有色，却不记得我这片叶子，也同样需要她的手，温柔地爱抚。

而这样的爱抚我还没有等到，她就被一场大病，击倒在地。

起先是她的眼睛，时常地模糊，她并没有在意，照例各地奔跑着去演出。直至她的头也开始疼痛，不得不去医院医治。在那之后的一年里，她辗转去过很多的医院，药吃了一副又一副，连她卧室的梳妆台前日日萦绕的薄荷香水的味道，也被草药浓烈呛人的苦涩给遮掩住了。

她听信了一些庸医的话，以为只是眼睛的疾病，只要坚持吃药，或许很快就会痊愈。她依然每日上班，在舞蹈房里练到很晚，又细心地为自己熬药，洗脸的时候会用毛巾在眼睛上热敷很久。我站在一侧偷偷地看她，她并没有察觉，我一直以为，她之所以如此，是因为她从来都将我视作一团可有可无的空气。直到几个月后，我才知道，她的眼睛，已经病到很严重的地步。

医生做出必须做手术切除她脑中病瘤的决定的时候，她的恐惧迅速传染了我。我那时即将大学毕业，在考研，她任性地让父亲打电话给我，

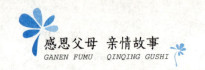
说，她要动脑部手术，无论如何，她都要在手术前见我一面，如果失败也算是最后的告别。那时距离考研还有十几天的时间，听到她要做脑部手术的消息，我愣了许久才说服自己，这个在生死边缘挣扎着要见我的女子，是昔日那个鸟一样四处飞翔，且几乎不会在我的枝头栖息的她。

见到她的时候，我几乎不相信自己的眼睛，她一头乌黑的长发全被剃光，取而代之的是各种奇形怪状的塑料管子。白色的绷带从她头上一圈圈绕下去，几乎盖住了她的眼睛。有那么一刻，我觉得她不再是那个我认识的能歌善舞的女子，而是某个怪异的任人随意处置的标本，尽管气息尚存，可是却已了无尊严。

我很想朝护士大喊：这不是她，她不是这样的！为什么你们要将一个活得如此精致优雅小资的女子，变成这样让人难堪尴尬的病人？！

但我这样的喊叫，在冰冷的医院里，谁又能听得到呢？

四

出院的那天，照料她的护士说，没见过这么爱美的病人，睡觉的时候都要戴着帽子。一行人皆笑，而她抚抚新长出的一缕头发，却蹙了眉，低声道：比以前粗糙了呢，怎么能上得了舞台？她到底还是不能放下昔日那个熠熠闪光的自己。

但再怎么不舍，也得放下了。她的眼睛，在脑部康复之后，依然只能看清正前方的视域，她所属的文工团，出于对她健康的考虑，很快给她办理了内退手续，而这样一份善意却让她几乎发了疯。她许多次去敲领导的门，求他们让她上班，领导们起初还安慰她，说，为了身体，还是放弃工作吧，这在别人是求之不得的事呢。后来他们终于厌倦了她的喋喋不休，看到她来就即刻躲开，任她怎么敲们都装聋作哑。那一阵她成了人人厌烦的祥林嫂，心里充溢着一股子热情，却无论怎样努力，都无济于事。

我们之间，似乎并没有因为她的这场大病而有多少的改变，至少，我依然是那个她不怎么能够想起的孩子；而她，在我的心底，除了提前抵达的衰老，也还是那个爱美爱到成癖的女子。我们之间，究竟有多少交集，彼此都是不清楚的。

夏至来临的时候，我要出国，打电话轻描淡写地告诉她，她突然就挂了我的电话，再打已是无人接听。我不知道她究竟为何生了气，但因为琐事繁忙，想了片刻便将她忘记。这样直至出国前的一周，我收到她一个快递来的包裹，打开是一个光盘，什么也没写。我放入电脑，看了几分钟便关闭了。那不过是她年轻时一次获奖的舞蹈演出，而这样的荣耀——她或许并不知道——一直都是我在极力抵触的东西。

是在飞往美国的飞机上，我闲极无聊，再一次打开那张光盘，漫不经心地看，看到快要睡着的时候，音乐突然小下去。睁开惺忪的睡眼，看到身着病服的她，正对着医院白色的墙壁，随录音机里的乐曲，翩翩起舞。

阳光从窗户里射进来，她的影子在温暖的墙壁上晃动。正是春天，窗外可以隐约看见明黄玫红纯白的花儿，拥挤吵嚷着次第绽放。而她，穿着肥大的病服，戴着草编的帽子，在闭锁的病房里起舞，是一件多么不合时宜的事。

最后一个镜头，她朝向我，笑着说，小爱，这两段舞，一段，是跳给我自己；一段，则是跳给你，是为你一个人的独舞。许多年前，当我因为这段舞获奖的时候，却无法满足你小小的虚荣，与你共度学校元旦的晚会。现在，这样带有缺陷的弥补，不知你还能不能原谅……

十年的岁月，犹如穿越云朵的机翼，温柔与刚硬，竟以这样完美的方式，在纯净的蓝色下相遇。

爱这样在时光里柔韧穿行

▶ 文 / 安宁

> 一个父亲能管好一百个儿子，而一百个儿子却难管一个父亲。
>
> ——欧洲谚语

他犹记得 16 岁那年的春天，他在学校里得了奖，几个同学嘻嘻哈哈地让他请客。他是个好面子的男生，经不住几句劝说，便点头答应下来。中午放了学，一行人刚刚走出校门，他便看到父亲汗流浃背地朝他走过来。他想躲，但一个同学却是眼尖，说，嗨，你爸来看你了！他只好硬着头皮迎上去，叫声"爸"，便低头盯着父亲坏了一个小洞的布鞋，再也找不到话说。

父亲却是开心得很，不断地问东问西，又很响亮地喊着他的小名"三娃"，他听见身后有人捂嘴笑起来，脸便红了，立刻将父亲的话头止住，说一起去吃饭吧，同学都等急了呢。他的话音刚落，父亲便讨好般地走到他的同学身边，说，你们想吃什么好菜，待会尽管说。

周围的同学皆相视一笑说，其实一碗面条就好的。他看得出众人并不喜欢父亲在场，尽管父亲在小吃铺旁，像个有钱人一样，吣喝着老板上六碗份量足的鸡蛋面，再另加几头金乡老蒜来。但大家还是谈天说地，吵吵嚷嚷地，故意弄出一片热闹给他看。

他只勉强吃了一半，便在父亲震天响的咀嚼声里烦了。一圈的人都是学生，有几个还是偷偷暗恋着他的女孩子。他在余光里，瞥见有人在频频地朝这边看过来，每看一眼便似针一样，将他的心"哧"地扎一下，血倏地就涌出来，把一旁的胃都连带着浸红了。

他终于放下碗筷，说一句"吃饱了"，便扭过脸去假装看风景。父亲就在这时，默默地将手伸过来，把他碗里的剩面条，一滴不剩地全都扒到自己的碗里，甚至最后还意犹未尽地舔了舔碗边。

他的愤怒，在父亲这个习惯性的动作里，到底还是冲破闸门，喷射而出：你就那么爱吃别人的剩饭啊！父亲半张的嘴，突然地就在他的这句话里定住了。周围几个人，也都在他这突如其来的恼怒里吃了一惊。但随即就有人出来打圆场，说叔叔没吃饱吧，要不再来一碗？大约有几分钟的沉默之后，他看见父亲艰难地将口中的面条咽下去，勉强笑道：习惯了，在家就是这样的，自家的孩子，不碍事的……

但年少时的他，却始终无法原谅父亲的这个习惯。而此后的父亲，竟也是对这个坚持了十几年的习惯，开始逐渐放弃。有几次在家里，他听见母亲抱怨说，你爸在人前越来越爱干净了，连你的剩饭都不吃了。他从来不去解释什么，父亲亦是。这个秘密，像一丛丛的蒿草，芜杂地长在他与父亲的中间，直到最后，他终于忘了那一边父亲的容颜。

是二十多年后一个夏日的傍晚，他骑车去接寄宿的儿子回家。校门口

拥挤了一大堆等待孩子放学的家长，尽管穿着打扮各不相同，有开了轿车打着光鲜领带的，也有"突突"开了摩托的，或者像他这样轻松骑辆自行车的，但那表情，都是一致的焦虑和渴盼。怕孩子看不清自己，都使尽了办法往最前面靠。他当然也不例外，凭借着自己做邮递员时练下的在人群里鱼一样自如穿梭的本领，他每次都能很顺利地挤到第一排的正中央去，而后如一朵莲花，含笑看着儿子教室的方向。

看见儿子与一群孩子蜂拥着出来了，他便又会发挥自己做小贩的本事，扯开嗓子，朝儿子高喊：小海，爸爸在这边！儿子果真能够第一眼便迅捷地看到他，且飞快地朝这边跑过来。

他早已经习惯了这样的一幕，且每每都会因为能够最先让儿子看到自己，而内心充溢了一种温暖的柔情和喜悦。他一直以为，儿子也定是喜欢他像个英勇的将军一样，站到最前面耐心等待着的吧，否则儿子怎会每次都箭一样冲过来，跨上他的车呢？

但那一次，他却看见儿子在一群学生后面，慢腾腾地磨过来，而且一到面前，便即刻催促他快些走。他看出儿子眼中的躲闪和不快，就问原因。儿子吞吞吐吐地好半天才丢出一句：你以后，能不能别站最前面，也别那么招摇地朝我挥手喊叫啊？你这样，别人一看就知道是个下岗卖菜的……

他的记忆，就这样在儿子的抱怨里飞快地回到许多年前的那个春天，他在校门口的小吃铺旁当着同学的面，朝父亲不耐烦地发脾气，抱怨父亲那个吃剩饭的习惯，曾经怎样丢了他的颜面。而今，岁月一个转身，这样的一幕竟是再次重现。只是，当年那个讪讪为自己辩解的父亲换成了自己。而在此前他一直以为，这样的事在自己身上绝不会重现，所以他刻意告诫自己，不让儿子在同学面前难堪，且满足儿子一切关于物质的欲望。但却不曾想，那爱的习惯竟是如此地坚韧绵长，它跨越了二十多年，走到他这里，不过是悄无声息地换了一件衣衫，便又执着柔韧地，铺陈下去……

而到此时，他才明白，父亲那一个被他粗暴打断的习惯里，其实蕴蓄了怎样的怜爱与温柔。

当爱抵达深处

▶ 文 / 安宁

> 一个父亲胜过一百个老师。
>
> ——英国谚语

　　父亲一辈子都没有学会说好话给别人听，别人给他送的东西，他瞅一眼成色便说，值不了多少钱。甚至有一年，因为与他吵架，为了弥补自己心内的愧疚，我用攒下的钱从小摊上给他买了一件衬衫。回家后以为他至少会给我一个宽容的微笑，却是没想他只淡淡瞥一眼，便下结论道：一看就是地摊货。我当时眼泪便哗哗涌了出来，与他大吵了一通，且发誓，这辈子再也不会给他买任何东西。

　　尽管为了父亲的这张刻薄的嘴，母亲没有少跟他发脾气，但他依然我行我素，从来不顾及别人的颜面。所以我最初工作的两年里，每次回家，从没有单独给他捎过什么礼物，只将钱打到他的卡里，便算尽了孝心。母亲曾私下里小心翼翼地开导我，说，如果有时间，记得给你爸买件衣服，要不只给我买，我穿得时候在你爸面前会觉得不好意思的。我听了便笑，说，即便是把一个城市给他买回去，怕也得不到他一句好，不如不买，给钱省心。母亲听完便叹气道：可是你爸他其实不缺钱呢。

尽管心底不太情愿，但还是不想让母亲太过伤心，便去了茶叶市场，买了半斤可以养胃的上等普洱茶。回家后一样样地将给家人买的东西拿出来，父亲习以为常地在分发礼物的时候，到阳台上去吸烟赏花。

等母亲将一袋包装精美的普洱茶，递到他的面前时，他稍稍诧异了片刻，随即便疑惑地问道：这是女儿专门给我买的么？母亲笑道：咱家谁的胃最不好，这普洱茶就是送给谁的。隔了阳台的门，我看见躺椅上的父亲没吱声，却是眯起眼对着阳光，将那上面的说明文字凝神看了许久。

第二天吃过午饭，一家人泡茶喝。我看见父亲很小心地将自己专有的茶叶拿出来，捏了一些到茶杯里，又细心地封好口，放进了抽屉。几分钟后，我看见父亲端着茶杯，一脸惊喜地赞道：果真是好茶呢，喝到胃里像是熨烫过一样舒服。我假装没听见，继续看自己的电视，小弟却是突然叫道：爸，你端错茶杯了耶！那是我泡的绿茶，都喝好几遍了，你的普洱还在桌上放着呢！

那一刻，全家人的目光都聚焦到父亲身上。而父亲就这样尴尬地端着那杯已经喝乏了的绿茶，不知如何进退。是母亲出来打圆场，说，你爸那是因为心里美，所以喝什么都觉得香，心情不好的时候，万元的茶叶他都不一定喜欢呢。

父亲这才忙不迭地附和：可不是么，今天心情出奇地好呢。本以为他的面子就这样保住了，一旁的小弟却是嘻嘻笑道：爸爸是在说谎呢，他平时最讨厌喝绿茶了，怎么今天就这么特别，喝到口中都觉不出是什么味道来？还不是因为我姐今天终于给他买了礼物，他才这样圆滑地说好话来讨

好姐姐。

父亲的脸，在小弟直白的解释里，终于红了又白，白了又红。最终，将手中那杯绿茶啪地放到桌上，转身去了阳台。我看着他瘦削的脊背，还有颤抖着点烟的手指，一颗心突然地就软下去。默默端起那杯还没有品过的普洱茶，走到烟雾缭绕的阳台上去，柔声说道：爸，尝尝我买的普洱好不好喝？如果真的好，以后每次来，我都买给你。

父亲终于转过身来，接过茶杯，一小口一小口地喝着，而我悄无声息地走了开去。我知道这个始终不肯向任何人妥协的男人，当他"糊涂"到分不清绿茶与普洱的时候，那只是因为，他对自己的女儿爱得太深。

而每一份爱，抵达最深处的时候，当都是这样地不辨是非与对错吧。

低头看到你最温柔的年轮

▶ 文 / 吉安

> 恐惧时，父爱是一块踏脚的石；黑暗时，父爱是一盏照明的灯；枯竭时，父爱是一湾生命的水；努力时，父爱是精神上的支柱；而成功时，父爱又是鼓励与警钟。
>
> ——梁凤仪

一

我一直觉得，他是这个世上，最无用的男人。

我记得 12 岁那年，他与母亲离婚后，就再没有能够吸引到其他女人。我一度因此在同学面前感到非常自卑。我做梦都想着他能够变成电视剧里的男一号，风流倜傥，事业有成，离婚反而成为其魅力增加的一个催化剂，年轻妖媚的女人们，皆主动地向他示好。

但事实上，他不过是一家效益不好的工厂里一个小小的办事员，拿

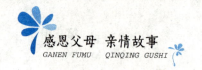

钱不多，脾气却不小，再加上我这样一个媒婆口中的"累赘"，基本上所有的女人都不愿接替母亲的位置，伺侯这样一个一事无成却骄傲自负的男人，当然，还有我。

他在离婚后的两年里，曾经马不停蹄地去见了许多个女人．每次回来都是牢骚满腹，不是说这个女人长得难看，就是那个女人太过邋遢，另外一个呢，又喋喋不休惹人烦厌。我看他边喝着廉价的白酒，边女人似的朝我絮絮叨叨，心里对他也生了厌烦。

我向来是懒得理他，并不是惧怕，只是觉得跟他这样活得了无生机的男人实在是无话可说。但那一次，我却是一开口便吓了他一跳。我说，挑别人的毛病之前，先看看自己，除了有个臭脾气，你还有什么呢？说完我继续看《上海滩》里那个传奇的男人许文强，将一截木桩一样呆愣的他忘得一干二净。

但他却是自此刻骨铭心地记住了这句话，因为，此后的他，再没有去做过相亲的"傻事"。别人劝他说，何必跟小孩子一般见识？她估计是担心你给她找一个狠心的后妈，才故意刺激你的。他每次听了却都摇头，说，我闺女都开始嫌弃我了，我再不努力活出个人样来，连她都不肯要我了。如果这样，娶个媳妇回家又有什么意思呢？

其实我知道他这是在为自己开脱，事实上，他也早已看清了自己愈来愈捉襟见肘的人生。

二

他工作的厂子，效益很快地滑坡，最后领导决定减掉一半的闲杂人员。他不幸就被划入了这"闲杂人员"的行列，一向清高的他，那一阵子无师自通地世俗起来。他开始学了别人的样子，买了高档的名烟名酒，在月光稀薄的夜晚，踩着自己的影子，艰难地一家家敲着领导的门。他的笨嘴笨舌，让口齿伶俐的领导夫人们几句话就给挡在了门外。只有一次，领导破例让他坐了片刻，但他自己，却是在看到领导杯中比他送的高级许多倍的茶叶时，一下子没了词，讪讪说了几句闲话，便告辞走了。

他就这样成了一个无业游民。那一阵子，他频频酗酒，跟邻居为门口的一袋子垃圾争吵，又在路边的小摊上，与一个少他一两菜的小贩扭打在一起，最终被民警拉去在派出所蹲了一天。

他还自以为是地充当我的"护花使者"，看到我在上学的路上被几个小混混缠住，便上去一声大吼，又随口贬他们说：先看看自己长什么样再跟人家女孩子套近乎。我看着他乱蓬蓬的头发，几天没刮过的胡子，还有落满菜汁的外套，突然觉得他的存在像一个难堪的污渍，滴入我纯净如水的生活中，瞬间便将它弄得一塌糊涂。

是到后来的某一天，我伸手向他要一年的学费，他正在路边上跟人打牌，看见我将一张几百块的收费单丢给他转身便走，这才突然间从这样混乱一片的生活里惊醒，他将牌丢下，说了一声"我要给我女儿挣钱花去"，便再没有近过牌局。

他挣钱的方式便是去做了他一直不屑一顾的小贩。在菜市场的角落里卖批发来的青菜。他也算是个舞文弄墨的文化人，弃了笔拿起秤杆子，自己都觉得别扭，但他还是坚持干了一年。从土豆洋葱到大蒜番茄，基本上他卖什么，我们家那段时间就会持续不断地吃什么，吃不了就送人，如果还送不了那只好任它们发霉、烂掉。

记得有一次下着雨，我放了学去给他送伞，远远的，就看见一圈人围在他的摊前吵嚷着。我冲过去，便看到他像只可怜的虫子，趴伏在一大

堆的青菜旁，几个长得五大三粗的小贩，正指着他叫嚷：以后再敢私自降价，还是拳头的下场！我看见他嘴角流出来的血迹，还有面前一大堆在雨水里几乎烂掉的青菜，突然地像个发飙的豹子，挤进人群里去，朝一帮人大吼：你们谁再敢欺负他，小心我一个个将你们告到监狱里去！一群人面面相觑一阵，终于在我的愤怒里嘟囔几句，四散开去了。

三

那一年，我不过是 16 岁，却突然觉得，上天派这样一个没用的男人到我生命中来，不过是让我这枚青涩的果子尽快地成熟，直至能够勇敢地承担起保护他的责任。

他之后又做过许多零散的工作，譬如三轮车夫、推销员、票贩子、勤杂工等等。这些工作所换来的钱，除去给我缴纳学费和两人的生活费用便所剩无几。那些女孩子钟情的漂亮衣服和首饰，他都无法给我。我为此很多次在饭桌上抱怨他，视线飞过他漫不经心的面孔时，还带着点嘲弄和挖苦。

他每次都将话题跳开去，或者一本正经地摆出父亲的威严，教育我说不能与人比吃穿，考上大学这些自然都会有的。我笑笑地看他吐一句：当然都会有的，因为我长大了，可以自己挣钱花了嘛！他飞快瞥我一眼没吱声，却是将一碗面条稀里呼噜地吃得震天响。

我终于如愿考上了北京的一所大学，接到通知书的时候，他兴奋地带着我走亲访友，四处炫耀。亲友们皆真真假假地恭维一番，便自动远离了这个话题。而他的脸色也在别人的冷淡和躲闪里，渐渐黯淡下去。回家的路上，他载着我，不再像去时那样哼着小曲，一脸幸福的光芒。

骑到一个拐角处时，一辆大卡车突突地开过来，我突然在卡车轰隆隆的声音里，听见他头也没回地朝我说：小美，有空去你妈那里坐坐吧，或许她会给你凑一些钱。卡车渐渐地开远，我与他，却像是什么也没有发生过，默契地没有将那个话题继续下去。

并没有等我开口，母亲便送来了5000元钱。三个人坐在曾经满是欢声笑语的家里，面对着桌上一沓百元的钞票，却是连一句话也找不到。最后我烦乱地站起身，走到书房里去，关上门的那一刻，我听到他低声的哭泣，而后是时断时续的声音：小美跟着我，受苦了……我这父亲，当得实在是无能……她这次走，也不知何时再回来，这孩子很节省，肯定舍不得在路费上花钱……

我倚门听着，心底最坚硬的那个部分，忽然地如一块薄冰，一点斜阳照过来，便悄无声息地，化掉了。

四

我果然像他说的，为了节省路费，一年只回去一次。4年的大学，我基本上没有花他的一分钱。我拼命地打工，争取奖学金，不敢谈恋爱，亦没有富余的钱来装扮自己绽放的青春。但即便是这样，我还是在大学毕业的时候，攒下了一笔不菲的钱。

我用这些钱，带他去我工作的省城逛了一圈。我指着那些高楼大厦说，等着吧，不久的将来，我也会给你买一栋这样的楼房。到时候你就和我妈一样，住敞亮的房子，看液晶屏幕的大电视，累了就去附近的公园逛逛，烦了也参加个老年人绘画班什么的，说不定还能来段浪漫的黄昏恋呢！

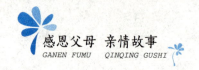
　　他倚在公交车的窗户上，看着外面流过的风景，很长时间都没有出声。我以为他累了便不再唠叨，但无意中一抬头，却在灰蒙蒙的窗户上看到不知何时，他那皱纹横生的脸上已是沾满了泪水。

　　我并没有像对他许诺的那样，很快地买一栋房子给他。我在工作的第一个月，便遇到了一个喜欢的人。我们如此地相爱，且认定彼此便是要等的人，我几乎将全部的爱与温柔，都给了这个男人。半年后，我们便开始商讨买房子的问题。就在这时我才发现，原来爱情一旦现实起来，是何等残酷和无情。这个男人坚持说首付要两个人共同来付，他忘了我不过是一个刚刚工作且没有任何积蓄的女子，几万块钱的首付，对我来说并不是一件容易的事。争吵到最后，他说，你父亲为什么不支持你？大学时没有花他的钱，难道买房子，你这宝贝女儿，他也舍不得么？

　　就因为这一句话，我固执地与这个男人分了手。打电话给他，还没有开口，他便小心翼翼地问道：小美，你们买房子，如果要用钱，就跟我说一声，不行我就把房子卖了。我一个人住这么大的房子，实在是浪费，不如换个小点的，收拾起来还方便……

　　第一次，我在打给他的电话里，毫不掩饰地哭出来。而他，被我这样的哭泣弄得慌了。这个笨拙的男人，他不懂得如何安慰自己失恋的女儿，只一遍遍地说，孩子，别哭，啥事都有爸撑着呢……

　　直到这时，我才真正地明白，他这棵原本就不怎么粗壮的大树，即便是倒下去了，或者只剩了低矮的树桩，他依然要用最结实的那一部分给自己的女儿一个温暖的倚靠。而我，就在这样的倚靠里，低头看到了他在时光里，划下的最温柔的年轮。

你是上天最好的馈赠

▶ 文 / 一路开花

> 投我以桃，报之以李。
>
> ——《诗经·大雅·抑》

一

她第一次去孤儿院看到宁小邪的照片时，就不可避免地喜欢上了宁小邪。她向院长再三恳求，希望能领养宁小邪。院长起初并不同意，耐心地带着她四处观望，让她与其他更为优秀的孩子交谈，但不论院里的领导如何劝说，她硬是固执地要宁小邪。

她说，宁小邪给了她从未有过的亲切。她是一个被丈夫抛弃的女人，没有孩子，没有工作，甚至没有房子。

当她主动要求见见宁小邪并听听他的意见时，领导们为难了。她不知道，宁小邪是个多么孤僻捣蛋的孩子，他不但不和院里的同学们说话，还经常翻墙出去偷东西。

　　一个小时后，她在城南的派出所里见到了一脸倔强的宁小邪。他坐在黄色的木椅上，高傲地抱着双手，一动不动，那眼神里透出的不屑终于使她明白，小邪是这里的常客。

　　她始终没有放弃收养宁小邪的念头。她微笑着在他旁边坐下，刚伸手抚摸他的脑袋，就被他一掌拍开了。这个孤独而又不领他人情义的宁小邪，在顷刻间给了她一种同命相怜的安慰。

　　低头时，她看见宁小邪蓝布短裤上的补丁，心疼不已。在这个车水马龙的城市里，还有多少孩子穿着打补丁的短裤？

　　她向警方出示了领养证明，并在保单上签了字。出门后，她温和地对宁小邪说："孩子，你以后就和我一起生活吧，我会好好照顾你的！"

　　岂料，她这句质朴的话，竟把宁小邪吓得掉头就跑。她拖着臃肿的身体，一直拼命跟在宁小邪身后。最后，路旁的一位巡警把宁小邪拦下了，宁小邪抬头看看她汗湿且微笑的脸，忽然有了妥协的意念。

二

　　宁小邪从不叫她阿姨，更不会叫她妈妈。每次有所需求的时候，总是漫不经心地朝她喊一声喂。

　　"喂，明天要交学费。""喂，我的那条短裤上哪儿去了？""喂，你翻我的书包有没有经过我同意？"

　　宁小邪上学没多久，就开始厌学了，他说班里的同学都不喜欢他，说他是小偷。她慢慢地劝慰他，拉着他乌黑的小手，如慈母一般，苦口婆心地告诉他诸多的人生道理。宁小邪静静地看着她微白的发，粗糙的手，忽然有种想哭的冲动。从来没有那么一个人，像她这样，不厌其烦、不离不弃地开导他。

清晨，宁小邪坐在她的三轮车上，心里溢满了欢喜。不知何时，她开始了这样的生活，每天骑着三轮车把宁小邪送到学校门口，而后又急急赶往农贸市场批一些新鲜的蔬菜水果，沿途叫卖。

她喜欢这样的生活，有事可做，有饭可吃，有人可等。

宁小邪喜欢吃糖醋排骨，他只在无意间说了一次，她就记住了。后来，不论刮风下雨，桌上总有一小碟鲜嫩的糖醋排骨。宁小邪从不问原由，更不会朝她的碗里夹一筷子，但她仍旧开心，因为每次宁小邪都会大快朵颐地将她亲手做的小菜吃得一干二净。

一个蒙蒙细雨的下午，宁小邪逃了体育课，打着花伞提早回家。半路上遇上了浑身湿透的她，站在绸缪的雨中，正和一位年纪相仿的中年妇女讨价还价。因为一毛钱，她和别人争执了很长时间。

宁小邪忽然想起她清早说过的话。"没事儿，这伞你拿着，我在市场里还有好几把，过去就能取。待会儿放学肯定也在下雨，别淋坏了，记得早点回家。"

宁小邪终于明白，家里其实只有一把伞。他换了另外一条路回家，绕很大的圈子。路上，他一直在盘算，一碟糖醋排骨究竟需要多少个一毛钱。

临睡的时候，宁小邪说："喂，以后别做糖醋排骨了，换点青菜吧，我都吃腻了。"她笑笑："行，你想吃什么，我都给你做。"

当她掖好他的被角转身出门后，宁小邪到底忍不住，嘤嘤地哭开了。她一个箭步飞奔过来，一把抱起床上的宁小邪，又是摸头又是抚胸，一遍又一遍地问："孩子，是这里疼吗？还是这里疼？"

宁小邪不说话，躺在她温热的怀里，一直哭到沉沉睡去。

三

宁小邪从她的身份证上知道了她的生日即将来临，于是整天谋算着上哪儿弄一笔钱给她买点礼物。

宁小邪见隔壁的房子不错，看似很有钱，于是动了入室的念头。

当天，宁小邪没去上课，他悄悄爬上墙头，准备伺机而动。当他从墙上半站起身子，准备顺树爬下去时，一个威武的男人从屋里跳了出来。他的一声威吓，让心虚的宁小邪从爬满青苔的墙头上摔了下来。

宁小邪被抓的时候，她正在烈阳下蹬车叫卖。

当她在医院看到宁小邪的样子，并得知宁小邪已经骨折时，一向温和明理的她，忽然面目狰狞，暴跳如雷，对着那个送他来医院的男人大发雷霆。

她忘了，宁小邪是因为偷东西才变成这样的。

在医院里，宁小邪一次次哭着问她："我是不是会变成瘸子？我是不是以后都不能走路了？"她一次又一次坚定地告诉他："不会的，只是轻微骨折，打了钢钉之后就会好起来的。"

为了凑够宁小邪所需的医疗费用，她每天早出晚归，蹬几十公里的路，喊哑了嗓子，只为将那车满满的蔬果卖出去。

恢复期间的宁小邪脾气坏得不行，他经常说："与其这样没用地躺在床上，倒不如死了算了！"

她生怕宁小邪憋住毛病，便背着他，去了附近的足球场。宁小邪看着那些一路狂奔的孩子，沮丧地说："带我来这里做什么？我又玩不了。"

她把宁小邪送到了守门员的位置，朝他做了一个胜利的手势。

"嘭！"宁小邪稳稳地抱住了飞来的足球，她在旁边又蹦又跳，欢呼不已。宁小邪终于笑了，他不知道，这些孩子之所以愿意和他玩耍，不过是因为事先收到了她送的大桃子。

回程的路上，宁小邪一路笑个不停。她又一次告诉他人生的道理："其实每一种人都有价值，不管他是瘸子、聋子，还是傻子，只要他不放弃，就有活着的价值。"

宁小邪伏在她宽阔的后背上，第一次向她许诺，以后再不偷盗。

四

宁小邪第一次因为成绩优秀拿了奖状。他想为她做一顿饭，给她一个惊喜，但买菜需要钱，而他曾答应过她，以后再不偷盗。

经过深思熟虑，宁小邪最终还是决定，从母亲的衣柜里拿十五块钱出来，买一点新鲜的排骨。他从未见她好好吃过一顿肉。

宁小邪学着她的样子，把新鲜的排骨洗净，丢到滚烫的油锅里炸一炸，而后又用事先准备好的糖醋调料泼上。虽然程序是对了，但毕竟掌握不好火候，结果，一大锅脆生生的排骨硬是让宁小邪弄成了面目全非的焦炭。

宁小邪守着那盘焦炭等了许久许久，当她蹬着三轮车回来的时候，宁小邪早已趴在床上沉沉睡去。

她把今天赚到的钱尽数放进衣柜里，而后好好细算一遍，看到底还需要存多少钱才够宁小邪以后念大学。

十五块人民币不翼而飞，这让她心痛不已，她断定，这就是宁小邪的

旧病复发，倘若家里遭了贼的话，绝对不可能只拿走那么点钱。

那是她第一次打宁小邪，细长的皮条在宁小邪的身上抽出了一条又一条的火线。她一面狠狠地打，一面哽咽着说："你说！你答应过我什么？！你说！你到底答应过我什么？！我供你念书，教你做人，看来全是白费了！"

宁小邪在狭窄的卧室里哭得呼天抢地："你听我说，你听我说，我不是偷钱，我真的不是偷钱……"

后来，宁小邪的一句话，使她再也用不出半点气力，宁小邪捂着通红的双手说："妈，今天是你的生日！"

她忍住热泪，悄悄地走出房间，终于看清了木桌上的糖醋排骨。宁小邪畏缩着，跟在她的身后，喃喃地说："妈，我没有偷钱，我真的没有偷钱，我只是想在你生日的时候给你做一盘糖醋排骨，让你也好好吃一回肉……"

顷刻，在她内心积压的情感和生活的委屈，如同山洪一般喷薄而出，她紧紧地抱住宁小邪，禁不住大声嚎啕。

那盘面目全非的糖醋排骨是她生平吃过的最好吃的菜，从来没有一种菜，可以让她吃到泪眼潸潸。

期末考试如期而至，语文试卷的最后是一道命题作文是《我的母亲》。

她笑问宁小邪："你把我写成什么样子了呢?"

宁小邪说："妈妈，我写你是上天最好的馈赠。"

陌生爸爸

▶ 文 / 李兴海

> **父亲，应该是一个气度宽大的朋友。**
>
> ——狄更斯

一

苏乐童有一把精致的小剪刀，对于他来说，这把剪刀就是一个不可告人的秘密。他时常会拿着一撮细碎的头发跑来问我："嘿嘿，猜猜看，这是谁的头发？答对有奖，答错也有赏。"

每每碰上这种问题，我总是惊慌失措地先摸摸自己的头发。苏乐童皱着眉头鬼叫："我有那么卑鄙吗？跟你说过很多次了，我从来不欺负智商有问题的孩子！"

苏乐童是我见过的最调皮的男生，真想不明白，为何他肚子里能装那么多坏水。更让人疑惑的是，这种生性顽劣的人，竟然能稳坐班上外语

成绩第一的宝座。于是，我绝对有理由怀疑，苏乐童不是一个真正的中国人！

我一口咬定苏乐童是个低等的混血儿，苏乐童急了："请不要怀疑我的身份！我是一名中国人，我热爱我的祖国！"这句话如果是喊在国外，绝对能让同胞兄弟们热血沸腾。可要是嚷嚷在中国大陆的中学教室里，就难免让人对他的智商产生怀疑。事实已经表明，班上很多同学的确对苏乐童的症状报以了高度同情。

我和苏乐童几乎无话不谈，但惟独有一个问题，我无法向他敞开心扉。苏乐童也好奇至极，总是拉扯着问我："小子，好像从来没听你提过你爸爸的事情，他老人家不会是间谍吧？即便是，咱们关系那么密切，总得透露一点，是不？"

对于这个问题，我始终都是打岔和保持沉默。我该怎么说出口呢？难不成要我嬉皮笑脸地告诉他我没有爸爸，他在很早之前就因病去世了？我不想接受任何人的同情，更不想因此被埋上浓重的单亲家庭的阴影。

苏乐童似乎对这个问题失去了兴致，终于不再纠缠不清。

二

周四的语文课上，苏乐童给我传来了纸条："小子，给你出个谜语，要是你猜对了，将有机会获得年度大奖。看好了啊，'鹰猫六只脚，告诉你你都不知道。'说，是什么动物？"

我懵了，想了半天，不但没明白鹰猫是什么东西，更不清楚什么动物长了六只脚，于是，只得在课后向苏乐童虚心请教。他故作深沉地拍了拍我的脑袋："孩子，这都不明白？看看，不都已经说了吗？'鹰猫六只脚，告诉你你都不知道.'你的脑袋真有点残疾,不就是鹰和猫吗?真是告诉你你都不知道!"

苏乐童爆笑的样子让人觉得有些憋气,放学后,他请我去必胜客大吃了一餐,嚷嚷着说是散伙饭。我一面头也不抬地狼吞虎咽,一面含糊不清地问:"你要转学了?下学期打算跟你的黑人老爸回美国?"

苏乐童抓住我手里的比萨再次警告:"我是中国人,记住了!再者,谁告诉你吃散伙饭就意味着永不再见?难道就不能短暂分开?"

没过多久,我便因成绩"下降卓越"进入了班主任手里的"黑名单"。说实话,我并不害怕倒数,我所担心的,只不过是周末的那场差生家长会。

当天,所有的家长都到齐了,惟独我,只身一人。班主任在台上暴跳如雷:"李兴海,你爸妈呢?"我心虚得声若蚊蝇:"他们都出差去了……"后来有同学说,那天的家长会班主任一直铁青着脸,反正我从始至终都低着头,反正我看不见。

我真不想告诉母亲我因成绩倒数而要她去参加家长会,再者,我更不想看到她在众多家长中的孤独背影。甚至,我害怕班主任会不知内情地问一句:"李兴海,你爸爸怎么没来?"如果真是这样,母亲一定会微笑着说:"他忙,暂时来不了。"而后,在回家的路上默默流泪。

三

不知从哪儿传来风言风语,竟无故猜中我是个单亲家庭的孩子。苏乐童对好事者说:"请勿制造绯闻!谁说李兴海没爸爸?前几天我还看到他老人家开车来接这小子呢!"

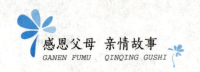
虽然我暗地里咒骂苏乐童吹牛不打草稿，但心里对他还是溢满了感激。周末，所有寄宿生都赶着回家，校门外停满了各条路线的公共汽车和的士。我忽然发现，自己成了周围同学关注的焦点，或许，他们真想知道，我到底是不是没有爸爸的孩子。

我咬牙镇定着，慢慢走近了一辆中年男司机驾驶的面包车。这种没挂出租牌的面包车，通常不是家用便是载客。我默默祈祷希望他能载客，否则，一切美丽的谎言将会支离破碎。可另一面，我又心生忐忑，因为我口袋里的钱，刚好只够坐公车。

怎么办？怎么办？两难之下，我到底还是选择了上车。心想，只要他将我载过这段路就行。我会告诉他实情，会将唯一的两块钱交给他，然后独自背着书包小跑回家。

司机见我过来，热情地下车为我打开了门。那种亲切的微笑，真如同慈父对自己的孩子一般。透过墨色的玻璃，我分明看到那群喜欢搬弄是非的同学脸上瞠目结舌的表情。

车子缓缓启动，我尴尬地指着不远处的站牌对司机说："叔叔，到前面那个站牌停下就行。我身上只有两块钱，非常抱歉，刚才之所以上车，完全是因为……"

还没等我把话说完，他便微笑着开了口："两块钱够了！我这车就是每趟两块钱。说吧，孩子，你要到什么地方？"

我心里有股难以言明的热流在涌动，我的鼻子有些酸楚。下车前，他客气地朝我招了招手："继续照顾我的生意啊！"我点点头，含泪下了车。

之后的每个周末，我都能在校门口看到他的身影。偶尔有人上前询问，但都遭到了他的婉拒。他似乎是在等我，更或者，是专程来送我回家的。

　　班里的谣言逐渐散去，冬雪也渐渐铺盖了这个城市。我始终没有告诉苏乐童，关于我和那个中年司机的秘密。我真害怕，这份珍贵的友谊会因我的贫寒家境而变质。

　　期末考试过后，我终于想通了，如果苏乐童真把我当朋友的话，他一定会理解我的处境。于是，拖着行李出门时，我硬拉上了他。

　　司机依旧坐在小车里等我，我刚想对他说声谢谢，便听到了苏乐童的呼喊："爸爸！"

　　我心里一惊，恍然明白了整件事情的前因后果。苏乐童，我想我们会是一辈子的好朋友。谢谢你的真诚和体贴，谢谢你借我一个让人感动的爸爸。

从不知道你如此爱我

▶ 文 / 一路开花

> 父亲是财源，兄弟是安慰，而朋友既是财源，又是安慰。
>
> ——富兰克林

一

除了外貌相似之外，我和莫朴生再没有半点共同之处。他性格内向，思想保守，不但没有朋友，成绩还差得一塌糊涂。我呢？不但开朗爱笑，追逐前卫，并且朋友众多，成绩名列前茅。

莫朴生自知学习成绩差强人意，因此，在家里表现得异常勤快。周末，我在家里做功课，他就自告奋勇地跑到田里帮母亲干农活。时间一长，阳光就把他的皮肤晒得黝黑，身体也壮实了许多。于是，很多人便由此以为莫朴生是我哥哥，其实，他是小我一岁的弟弟。

母亲为了能让我俩互相学习，互相进步，特意让我晚读一年，和他进同一班级。结果，他这个当弟弟的，竟成了我的拖油瓶。每次考试过后，受批评的总是他，得表扬的总是我。

很多时候，周围的伙伴会开玩笑似地问我："嗨，小树，朴生真是你哥哥吗？为什么差距那么大？"

中学第一年，我终于鼓足勇气彻底和他分道扬镳了。每次放学和他走在一起，后面总是有人指指点点："看哪，那就是莫朴生的弟弟！他哥俩倒好，一个年级正数第一，一个年级倒数第一，第一全让他家给占了！哈哈……"

莫朴生不知道我已经彻底把他甩了，仍旧愣愣地站在校门口的停车场等我。整整一个中午，他都没有回家。母亲在饭桌上不停嘀咕："小树，你弟今天是怎么了？你没和他一起回来吗？是不是在学校里出了什么事儿？我待会儿得去看看！"

我让母亲这一说给弄急了，我生怕她知道事情的真相后会狠狠地揍我一顿，于是只好撒谎告诉她，莫朴生不过是英语单词没过关被留校听写而已。

母亲摇摇头说："小树，你有时间多教教你弟，他脑袋不太好使，你得有点耐心，知道吗？"

二

我和莫朴生分道三年后，他便彻底从我的校园生活中消失了。

16 岁那年，莫朴生中考落榜，主动去了外地打工。不论母亲如何劝慰均不奏效，他死活都不愿自费继续读高中。

班上的很多同学都有手机，于是，出于本能的虚荣心，在莫朴生走后

不到两个月的时间里，我曾先后五次央求过母亲给我买手机。

莫朴生从广州打来电话，他说："小树，咱爸死得早，你知道咱妈把我们哥俩拉扯大有多不容易吗？你现在念了高中，虽说是件好事，但也是一笔不小的开支，你怎么能那么不懂事呢？"

从小到大，在我心里，莫朴生一直都是软弱无能，被批评的对象。因此，他现在所说的话，对于我来说，根本不是教育，而是一种极大的侮辱。

我在电话里冷笑着嘲讽："我不懂事？好，就你懂事！懂得妈的辛苦，懂得妈的操劳！所以年年考倒数第一，年年拖班级平均分的后腿！"

莫朴生在电话那头的呵斥激起了我的满腔怒火，那是我第一次和莫朴生如此争吵。

之后，所有关于莫朴生的来信、电话，我都是拒绝。母亲一遍又一遍地开导我："小树啊，你哥虽然读书不行，但他为人勤恳老实。再者，他在外面那么辛苦地打工，不就为了维持住这个家，希望你能有出息吗？你怎么能这样跟他说话呢？"

莫朴生陆续给我写过许多封信，不是被我扔到窗外，就是被我烧成灰烬。我心里始终不服气，从小就一无所成的莫朴生，凭什么这样教训我？

为了得到手机，期末考试的时候，我故意把数学试卷最后的三道大题做错。顷刻间，我从年级第一落到了年级五十。

母亲慌慌张张地给莫朴生打了电话，说要是再不买手机给我，我可能就彻底废了。

三

莫朴生从广州赶回来的时候，我正在楼上悠闲地看电视。他一把将我按到在地，狠狠地抽了两个耳光，我顿时头晕目眩，眼冒金光。

常年的体力劳动使他变得异常结实，因此，尽管我比他大一岁，可仍旧还是被他打得毫无还手之力。

他恶狠狠地冲着我吼："你读什么狗屁书？像你这种没心没肺的人，就算考上清华北大又有什么用？如果我不回家，是不是咱妈死了你都不知道！？"

楼下，母亲正安静地躺在床上。我伸手一碰她的额头，焦灼的热意瞬间传递而来。莫朴生弯腰将母亲背起，执意要把她送进医院。母亲在他背后微眯着双眼，有气无力地呢喃："朴生啊……别……别去医院，我……我……没事儿，去医院……医院……又得花钱，小树将来……念大学还得用钱呐……"

我跟在莫朴生身后一路小跑，听到这样的话，情不自禁地哭了起来。

莫朴生急了，一面马不停蹄地跑着，一面冲母亲说："妈，您操什么心？上什么大学能比你的命更重要？再说了，您心疼别人，别人还不一定心疼您呢。"

医生说，母亲是因为过度体力劳动导致身体虚弱才感染的伤寒。

母亲病愈后，莫朴生决定留在家中。母亲问他为何，他说："妈，我走了之后，家里所有的农活又都是您一个人干了。有我在的话，多少还能帮帮您。"

莫朴生的这番话使我羞愧不堪。

四

高三新学期，莫朴生单独找我谈话，他极其诚恳地说："哥，本来想

给你买个手机，但觉得手机对你现在来说也不一定实用。于是，我想这样，咱俩做一个约定，只要你好好读书，考上重点大学，我就用我的积蓄给你买台笔记本电脑，你看如何？"

我哈哈大笑，拍拍莫朴生宽厚的肩膀："朴生同学，你小看我考不上重点大学？我告诉你，这次你绝对输惨了。我看上的那个笔记本电脑差不多要 5000 元人民币呢，你可得准备好哦！"

莫朴生开怀大喊："唉，才 5000 块啊？小意思！说话算话啊，重点大学！"和莫朴生约定之后，我开始了更为拼命的苦读。其实，我已经慢慢懂事，我之所以这样，并不全是为了得到莫朴生的笔记本，更多的，我是不想让他和母亲失望。

莫朴生生日那天，我主动向班主任说明情况，请了晚自习的病假。我用年级发给我的奖学金买了个生日蛋糕，准备给莫朴生一个惊喜。这么多年，他从来没有好好过过一回生日。

我捧着新买的生日蛋糕，悄悄地推门进了里屋。楼下的房门虚掩，似乎有人在里面窃窃私语。我将蛋糕放在桌上，慢慢地靠近，想要偷听他们说些什么。

透过狭小的缝隙，我分明看到莫朴生正赤裸着通红的后背趴在床上，而母亲正在细心地为他上药。

母亲说："朴生，要不就别干了，你看你这后背都成什么样了。"

"妈，你这是什么话？就这点伤能难倒你儿子？再说了，我都答应小树了，等他考上大学就给他买个笔记本电脑，这话能不算数吗？你看，我现在努力干一天就能赚 60，一个月就是 1800。那么，除去家里的开支，不用五个月，我就能攒下给小树买电脑的钱了……"

站在阴暗的门外，我再也忍不住泪水，号啕大哭起来。莫朴生一个骨碌从床上跳了下来，抱着我急切地问："哥你怎么了？是谁欺负你了？告诉我！"

"朴生，从小到大，我从来没有尽过一天做哥哥的责任。我从来没有关心过你，从来没有帮你补习过功课，也从来没有把你当成真正的弟弟，反而是你，一直像亲哥哥一样对我……"

朴生，原谅哥哥，我从不知道你是如此爱我。

第四辑

Chapter Four

醉美文摘

Zuimei
Wenzhai

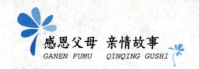
1970 年的记忆

▶ 文 / 江小鱼

世界上的一切光荣和骄傲，都来自母亲。

——高尔基

在收到舅舅的来信得知外婆要来看我们的消息时，母亲表现得很是奇怪，奇怪得让我有点害怕。

她一会儿紧紧地搂着弟弟，亲着弟弟的脸蛋儿，满脸是笑："柱子，我娘要来看我了，你外婆要来看你了。真的，真的要来了，马上就来了。"一会儿又松开弟弟，用手背抹着泪花花，自顾自唠叨，"咋办呀？这日子过的，都是窟窿眼，遮不住的丑！咋办呀……"

母亲一会儿笑，一会儿哭，脸上挂着泪，嘴巴却撇成下弦月，看起来真是滑稽。我从来没见过母亲那副表情，遇事她一直是很镇定的。记得一次我从沟边摔下去折了腿，被别人背回了家，母亲非但没有表现出一点惊慌，反倒戳着我的额头骂道："沟能走还是能跑？走路不看，活该！"只是外婆要来，她至于吓成那样？

看着母亲那表情，我想笑，却笑不出来。弟弟干脆咧开嘴巴大哭起来，我赶忙搂着弟弟哄他："外婆来了，咱们就能吃到好东西了，就不饿了……"弟弟啃着手指头，哭声才渐渐小了下来。

母亲在院子里转着圈，似乎看啥都不顺眼，嘴里嘀咕着："这烂屋子，这烂屋子。"一向总忙于活计的母亲，好像一下子对干啥都没了兴趣，只是焦躁地转着圈儿，晃得我眼花。父亲刚一进门，一向很镇定的母亲突然像疯了般呜呜地哭了起来，边哭边嘟哝："我娘要来了，咋办哩，我娘要来了……"

好像外婆要来看她就像天要塌下来一样可怕，父亲扶着母亲的肩说："怕了就不来了？别怕，有我哩，我给你想办法。"

我们就开始为了迎接外婆而做准备，就像过年一样，每个房子及院子里的各个角落都打扫得干干净净。当母亲打发我拿着洋瓷碗出去借麦面时，我兴奋得跳了起来——

那时，我们吃的主要是红薯，早晨红薯块熬稀饭，中午红薯面条，下午红薯馍馍就着炒红薯丝。红薯吃得人一开口，就是一股红薯的酸味儿，连放的屁，也是酸酸的红薯屁！实在吃不下去了，母亲就加点其它的杂粮，也不过是玉米或糜子。也只有来了金贵的客人或是过年，才吃得上白白的麦面。

我拿着洋瓷碗，雪花婶家、二狗家、北巷婶家、杏花姨家，我从各家借了一碗面。捧着那盛着面粉的碗，我的手一直在打颤：外婆来真好啊，外婆来就可以吃上过年才能吃到的麦面了！我皱着鼻子闻，也没闻出面粉的香甜味儿。我很是遗憾，要是变成一只洋瓷碗，该多好啊。

父亲还借了天柱叔家的大桌子、顺锁伯家的大立柜摆在我们家，我们

家一下子就变得很阔气——外婆来真好，家里整个都变了。

那会儿，我只有一个想法，就是外婆来了就不要走了，那样我们天天就都可以吃麦面，爬大桌子摸大立柜了。

父亲借了生产队的牛驾着车，我们穿戴得整整齐齐就像过年般去十里外的镇上接外婆。

记得外婆来的第一顿饭，母亲做得很费心：

一碟豆腐拌小葱、一碟炒洋芋丝、一碟炒青辣子、一碟凉拌红萝卜丝、一碟凉拌白萝卜丝、一碟凉拌红白萝卜丝，白萝卜叶在开水一焯又是一碟凉菜，中间是一碟炒鸡蛋，饭桌上一下子就摆满了八个碟子。

那天母亲擀的是面条。面条很薄很薄，挑在筷子上真的可以看见蓝天白云。绿绿的葱叶子添在锅里，看着都好吃。

母亲先给外婆舀了一碗，是稠的。我们的呢，面条少汤水多。

咋给娃娃舀了那点？外婆问。

天天都吃，不爱吃，吃不完就糟蹋了，母亲说话时瞪了我们一眼，可弟弟却说"不是——"，我赶紧狠狠地踩了一下他的脚，他直接大哭起来。

我笑着给外婆解释，我把弟弟撞了一下，就疼得胡喊叫哩。

也就是那次以后，我有了个艰巨的任务，快吃饭时就带着弟弟在外面玩，省得他不一小心说露馅了。那种难受劲甭提了，我只想把那小东西一脚踹到村头的池塘里去。

晚上，外婆跟我母亲坐在炕上闲聊，我在写作业。一转头，看见弟弟竟然用小刀在桌子上划道道，我一巴掌扇过去，喊了声"把桌子弄坏了给人家咋还"。而后，我捂住了自己的嘴巴，紧张地看着母亲。

屋子里只有弟弟的哭声。

外婆看着母亲，母亲很尴尬地笑着，就像外婆要来前的神情一样，分不清是哭还是笑。

"还有啥是借的?"外婆说。

母亲说:"咋会是借的?自家的,甭听娃胡说。"

"还有啥?"外婆又问。

母亲不吭声了,弟弟也不哭了,跑到立柜边说:"这个,也是人家的。"

"那咱就一个土炕啊?得,至少有地方睡觉。"外婆拍着炕,脸上好像是笑,好像又不是。"这就是我女子家,我女子就在这样的屋里头过日子。当妈的,都不晓得自家娃过的是啥日子……"

外婆唠叨时,母亲哭了。母亲哭着拉着外婆的胳膊:"娘,没事,我的日子能过好,就是怕你操心才……"

外婆走后,我才知道,外婆当初不愿意母亲随父亲远嫁合阳,一气之下断绝了母女关系。加之母亲来到合阳后,日子过得捉襟见肘,就没敢主动联系外婆。

多年后,母亲说要来城里看我。住在出租屋,恨不得把一块钱掰成几份去花的我,很奢侈地买了一台风扇,又买了好些蔬菜水果:我不能因为工作不稳定就让母亲担心,我得让我的母亲觉得自己的闺女过得还不错!

那一刻,我的记忆又回到了 1970 年……

憨 哥

▶ 文 / 长歌

> 兄爱而友，弟敬而顺。
>
> ——《左传·昭公二十六年》

在上个世纪缺衣少穿的七十年代，在已经有了 4 个男孩的家里，我的到来似乎不合时宜。略微长大了一点，我知道了一件让我想起至今都泪流不止的事——

不管是亲戚来看刚出生的我，还是巷子里的人来家里串门，娘说的最多的一句话就是：都操个心留个意，打听一下，看谁家要娃哩？把这个累赘抱走，赶紧抱走，看得我眼睫毛都疼。

我是五个孩子中唯一的女孩，按乡俗来说女娃是娘的贴心小棉袄，可我并不曾给娘带来一丁点的欢喜，只是厌烦，只是想让人赶紧抱走。

不只是娘不待见我，上面的哥哥们似乎也不欢迎我的到来。

在他们都填不饱肚子时又来了一个跟他们抢饭吃的，这似乎还不是最关键的。最小的四哥那时都已经 12 岁了，据说他曾因为家里突然多了一个小妹妹而抬不起头，因为同伴耻笑他说"你都这么大了你娘还生娃娃，羞不羞"。四哥为此跟别人动了拳头，结果像麻杆样的他自然被打得鼻青脸肿，为此他恨不得一巴掌将我抽到天上去。

抢他们的饭不说，还让他们都觉得不好意思，在他们眼里，我的罪孽大了。但 17 岁的大哥是个例外。

大哥因为我的到来欢呼雀跃，到处对人说他能当"压马娃"了——我们这里的习俗，妹妹出嫁须哥哥压马；他能当舅舅了，说不定还能当几个娃娃的舅舅。大哥那时已经 17 岁了，说的却是与年龄不相称的话，因为——

村里人都叫大哥"憨憨"，用他们调侃的话说，就是"满满一碗，鸡啄了两口，不够数"。听明白了吧，就是脑子不开窍少根筋。大哥有时莫名其妙地就不对劲儿了，整宿整宿不睡觉在村子里四处游荡，甚至跑到更远的地方。好在时间不会太久，他一清醒过来，就自己回家了。

更多的时候，大哥是笑呵呵的，他从来不会和别人起高声，别人说啥话他都能受得了，即使你叫他"憨怂"，他也会憨憨地笑着答应。

当二哥三哥四哥都因为我的到来觉得自己很没面子很尴尬时，大哥却乐得合不拢嘴。记忆里，我大部分时间都是跟大哥在一起的。

是别的哥哥都有事干，还是大哥干啥都出错也就啥也不用干？是大哥跟我亲，还是我跟大哥近？

多年后，面对永远睡去的大哥，爹才给我说了其中的缘由。

爹说，还不到一岁时，你生病了，病得很重。村里郎中看了很长时间，还越来越重，只有出的气没有进的气。那年月，人人都饿得前胸贴后背，哪有闲钱到大地方给你看病？那一晚，我就把你裹到小夹被子里，抱

了出去，抱到很远很远的大路边，就回来了。爹说时都不好意思看我，像在给我坦白曾经的错，曾经不可饶恕的错。

到了半夜，突然听到了你的哭声，把我跟你娘吓了个半死。一细听，竟然是从隔壁房子传出来的，你哥的房子。原来那晚你大哥又不对劲了，在村里游荡，看见我出来了，抱着什么，就一路跟着我……当时把我气得，顺手拿起挂在院墙上的马鞭子就狠抽你大哥。我把自家生病的娃娃扔了，是造孽的事，是天打雷轰的事，他竟然给抱回来了，这是……这是……我抽打他，他也不躲，还指着我说我坏，扔他妹妹。

爹说，不是你跟你大哥亲，是你大哥从那以后就不离开你了，老是把你抱在怀里不丢手，怕我再扔了你。爹又说，你不要怨爹，爹也是没办法的事……

我说我不怨你，我大哥把我从死里拉回来，我却不能把我大哥喊醒。我摇着喊着，大哥依旧傻傻地睡在那里，大哥从来不会那样的，他最最敏感的就是我，他转个身看不见我都要喊几声直到我答应。

记忆里，大哥总是抱着我或牵着我的手到处找吃的。

沟里能吃的东西真多。

紫色的椭圆形的野果子，零零散散一个一个连成串，吃起来酸酸甜甜很是过瘾。大哥让我嘴巴张大，一粒一粒喂给我，我吃得满嘴流汁，他看得满脸欢喜。

有一种果子像草莓表面一样，由极小极小的鲜红的颗粒攒在一起，摘时要极为小心，常常一触即破，几乎不用咀嚼，入口即化，很酸很酸。可我怕酸，就一把一把塞进大哥嘴里，还要大哥必须吞下去。看着大哥酸得咧嘴耍鬼脸，我开心得拍着巴掌直跳。

圆圆胖胖如纺锤状的是"驴奶奶"，瘦瘦长长圆锥形的叫"羊奶奶"，名字是不好听，可是去皮后嚼起来既筋道又甘甜。也是我的，只有我吃不完了，才分给大哥。

地下挖出来的根茎味道大多也不错。有时为了挖出完整的根茎，大哥才不会顾及什么干净不干净，或蹲或跪或干脆直接趴在地上，那是忘记一切的专注与执着。挖出来在衣袖上擦干净后，他先尝一点，没事，才叫我吃——那时经常有吃错东西中毒的事情发生。

大哥为了我的馋嘴偷过果园里的苹果和生产队里的西瓜，他又不麻利，总是被逮住，被骂过也被打过，他才不在乎，只要我吃着高兴。

大哥也带着我去别的村子看电影，那时一年半载才能看一场电影，附近很多村子的人都会赶去看。人山人海，他就一直抱着我，胳膊稍微有点下沉，我就扳着他的头摇晃着喊"看不见了，看不见了"，他就又把我抱高了。有时他也会把我架在脖子上，看完电影困了，走不动了，大哥就会把我背回来。

大哥去哪里都领着我，抱着，牵着，总是乐呵呵的。

记得黄河修堤坝时，村支书来到我家，给爹说：让你家憨憨去吧，在家又干不了啥，出去还能混点工分，吃得还是白面馍馍，吃饭也解决了。

大哥说啥也不去，往后撅。村支书问，咋不去，想偷懒？

大哥指着爹说，我去了他就把我妹子扔了，我不去。

爹说他当时恨不得抽大哥几巴掌，当着外人的面咋能揭家里人的短？可没办法，又不能明里骂大哥，怕丢人。爹就笑着给大哥保证，你走，没人扔你妹子，谁敢？

大哥这才放心了，走时他抱着我说，哥给你拿白面馍馍去，你在家好好等着哥。

我一直记着等大哥回来的情形——

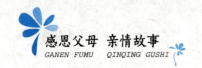

天天趴在大门口的石头上等，等着等着，就睡着了。睡醒了，眼前还是没有大哥，就跑回家哭着闹着，尽管依旧没人搭理。

娘摇着头戳着我的脑门说，你真是没救，除了傻等，就是哭呀闹呀，懒得理你。

有一次我既饿又无聊，抓了一个土疙瘩试探着咬了点，嗨——不苦、不酸、不辣，就嚼了起来，满嘴是土。正吃着，有人把我抱了起来，回头一瞅，是大哥！我立马"哇——"地大哭起来，好像满心里都是委屈。

大哥赶紧从兜里掏出来一个白面馍馍，我没接，抱住大哥的手，一口咬上去，咬疼了大哥的手指头。

那以后，大哥隔两天就跑回来给我送个白面馍馍，谁都不给，只给我吃，他只是傻呵呵地看着我。

多年后，我才知道从我们村到黄河滩来回近五十里，那馍馍是工地分给他的口粮。为了将自己的口粮给我带回来，大哥就那样来回跑着。黄昏，清晨，奔走在路上的大哥，眼前一定是我焦渴地等他的面孔吧？

记忆里，和我在一起的大哥，脑子从没出过问题，一直很清爽的。可是，他怎么就会在雨后的一堵土墙下歇息，怎么会一歇息就睡着了，直到被血淋淋地刨出来。

我得感谢爹。大哥出事后，爹说得叫我回来，我再忙都得叫我回来，大哥离我心近，我也只亲大哥。是四哥赶到县城的学校接我回家的，那天距离高考只有12天。

大哥已经被擦洗干净安置在了炕上，我第一次见到脸上没有笑容的他。我摇着推着他的身子，他竟然没有一点反应，他竟然敢没有一点反应，他竟然敢不搭理我？往日里，只要瞥见我一个小小的眼神，微微皱起的眉头，他都会赶紧过来问我啥事来哄我开心。

　　我使劲地摇晃着拍打着他，你怎么可以在我面前装睡？你怎么可以不顾及我的感受？你怎么可以惹我不开心害我伤心？！我憋了一肚子的话想对你说，只想对你说，却还没来得及说出你就走了。

　　我想告诉你的是，在很早以前，我知道了"憨憨"是啥意思时，已经在心里将你当做爹娘一样要照顾一生。我想告诉你的是，今年九月以后，我将带着你送我走进某个城市的大学，让从没上过学的你看看大学。我想告诉你的是，我不怕人笑话，一定会让你在我的"花车"前"压马"，我的孩子一定会甜甜地喊你"大舅舅"……

　　我想对你说的话很多很多，可终究一句也没说出。

　　27 年了，大哥，你在那边还好吧？我常摩挲着你留下的少得可怜的几张相片，黯然神伤。我知道，这一定不是你所希望的，当我想咧嘴笑时，却滑下了泪水……

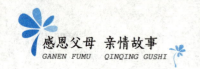
钱眼儿里的母亲

▶ 文 / 长歌

母亲的爱是永远不会枯竭的。

——谚语

从多年前在学校寄宿那会儿，我就很怕很怕我的母亲，怕她前来看我。记忆中，母亲去哪儿都不会空手回来：几根树枝、一枚铁钉、两个塑料瓶……在她眼里，见啥都跟宝贝一样稀罕，"烂套子都有塞窟窿的时候"，听听，这就是母亲天天挂在嘴边的一句话。

唉，烂套子多的是，可哪来那么多的窟窿呀？真是的，也不嫌人笑话。

那天，当同事喊"小张，有人找"时，我心里就"咯噔"了一下。抬头，母亲已经站在了办公室门口，手里果然拎着个塑料袋，里面八九不离十是她的收获了。临走时，她还准备从我们办公室门口的垃圾箱上拿走空饮料瓶，我用目光没制止住还是用手拉开的——幸亏当时没人在场，要不多尴尬!

后来，我婉转地向父亲说了这事。父亲笑了，说：几十年的老夫老妻了，我把你妈都没改造过来，就看你有没有能耐把你妈从钱眼儿里拉出来了。

我，也只有苦笑的份了。

从我记事起，母亲总是为了钱和别人高喉咙大嗓门地喊着吵着，让我很没面子。

我曾帮她推着架子车到镇上卖西瓜。人家要十斤重一个，就多了三四两，母亲却不厌其烦地换来换去，就是找不到刚刚合适的。

不就是自家地里长的么？有啥吃亏占便宜的？"妈，算了，再甭换了。"我实在看不下去，开了口。她瞪了我一眼，几乎是吼样的："死女子就是多嘴！秤是秤价是价，妈卖得比人家都便宜，秤上就不能再让了！"

母亲算了一下，说"3块2"。

那人递过来3块，说："没零钱了，沾你的光，零头就算了。"

"那你给4块——我有零钱，给你找。"母亲显得很固执，"秤不含糊，价也不含糊。两毛钱哩，还能说没了就没了？"

结果，那人丢下一句"小气死了"，转身走开了。那一刻，我觉得自己的脸都没地方搁，好像是我自己做了见不得人的事。说句实话，就像这样让我觉得伤面子的事情多得都数不清。

父亲每次从外面回来，或多或少总给我们买些东西。常常在我们正兴致勃勃地准备享受时，母亲就问价钱，也只问价钱，问过后就开始训斥父亲："钱是没妈了还是没大了？你就知道胡花！不当家不知油盐贵……"骂完之后又常常补上一句，"你还甭说，花钱多，买的东西还就是不一样！"又逗得我们哈哈大笑。

　　我一直觉得，母亲似乎是在秤星星上过日子，什么都计较。对我，她的亲生女儿，也不例外。

　　母亲摸清了我发工资的时间，工资刚到手，还没暖热，她就以种种听起来都很荒谬的理由讨要过去。然后只给我留下一点零花钱，以至于被别的同事嘲笑我还雇着家庭理财的人。我一直不吭声，可心里憋着气，总有一天，我将不再给她一分钱，我要让她为自己的绝情吝啬而付出代价！

　　我怎么就摊上这么一个不近人情的母亲？可她是给了我生命的人呀，我又如何能彻底摆脱呢？

　　准备结婚那阵子，我总憋着一句话想说给母亲：我不要你给我陪什么嫁妆，把我交的工资给我一部分就行了——还能期望她给我什么陪嫁？

　　"凌娃，今晚不走了，和妈说说话。"母亲第一次主动让我晚上留下来。她又有什么事？会不会要求我结婚后还得给她交钱？我就闷坐着不吭声。"这是你这几年交的钱，"她递给我一个手帕，"妈给我娃保管着，怕你大手大脚胡花。"那一刻，我不知道自己的脸是什么颜色。"你马上就有家了，妈再不多事了——过日子要细水长流……"

　　嫁妆，母亲给我陪得很好，好得让我的那些姐妹们眼红——这么穷的家还那么争气！母亲也说了，好女不在嫁妆多，但不能叫婆家看不起。

　　冬日暖暖的太阳下，我给母亲捶背，我大着胆子问，妈，你啥时能从钱眼儿里钻出来？

　　母亲笑了，嗔怒道，你们都不缺钱了，妈也就不爱钱了——钱眼儿里的母亲！

亲爱的，您一直与众不同

▶ 文 / 长歌

慈父之爱子，非为报也。

——淮南子

四十年前，在我们那个山沟沟里，您使我们跟别的孩子不一样，不一样得让我们既骄傲又不好意思：

别的孩子都管自己的父亲叫大，您让我们管你叫爸。在那个山沟沟里，只有父亲吃商品粮在外面工作的家庭，孩子才管自己的父亲叫爸。可您只是一个木匠，却执意让我们管您叫爸。从小叫习惯了，长大后知道了这些讲究，便觉得有些不好意思，叫您的声音便很小很小。而您，倒声音很大地爸来爸去，"我娃叫爸爸……""给爸爸取铁锹去。"好像天底下所有的骄傲都在那个"爸"字上！

一次，当着那么多人，槐树叔戏虐您："叫娃喊你爸，你到底是锄把锨把还是瓷锤把？"您笑了，回了句："娃叫你大，你到底是头大肚大还是

脚大管到鞋外了?"至此，再也没人自找没趣嘲笑我们管您叫爸了。

您曾说，叫大出门一听就是山沟野洼里出来的人，叫爸脆生生的多好听，知道好就要学好，学好就不怕人笑话。

也记得您从外面做活回来，给我们姐妹每人买了条裙子。山沟沟里的人只是在一年半载才看一次的电影里见过裙子，我们穿上裙子后，被伙伴们围了个水泄不通连老师们也瞪大了眼睛，满眼是掩饰不住的羡慕。

您满脸骄傲地看着我们，说穿上城里娃的衣服，就得走到城里去，知道不？年幼的我们自然不知道您的话是啥意思，可总是很小心地保持着裙子的干净，努力让自己的言行跟裙子配套起来，竟然真的与别的孩子有了很大的差距。

您是个很张扬的人。让我们叫您爸，让我们穿裙子，让山沟沟里的乡亲既嫉妒又羡慕，可他们表现出来的却是不屑，不屑于您的显摆。

您倒好，变本加厉地与众不同。

您给我妈做的针线筐外雕刻着跃出水面的鱼儿，挺立在荷叶上的鸟儿，我妈端起它满脸都是骄傲，活儿再多都是越做越有劲。我妈说炕头有个柜子多好，东西就能摆放整齐，取放也方便。您立马就动手做，连里面都用砂纸打磨得光溜顺滑，更不用说每一个边边角角。

别人家是"家有木匠，全是凑合"，意思是木匠们总说自己带着手，迟早都能给自家做出最好的，先凑合凑合；或是东西不好了，顺手敲打几下就过去了。因为您，巷子里所有的木匠都成了家里女人声讨的对象。

就连小弟要个木猴耍，您也会做得很精致，您从不敷衍。我们每个人都有自己的小凳子，凳面上都是自己的属相。拎着凳子出门，我们骄傲得眼睛都跑头顶上了！

事实上，您是方圆几十里都很有名的木匠。就像您说的，给自己都不能用心做出最好的，还能为了钱给别人做出好的？

　　您的与众不同还表现在我们姐妹的出嫁上，按乡俗得向男方要不少彩礼钱，可您一分没要，理由是"我娃金贵得就没价"，还照样准备了丰厚的嫁妆。您说，好女不在嫁妆，可也不能叫人看不起。

　　母亲曾说起你们的姻缘，说要不是你爸那张好嘴，把满天星星都说转了，我能从大平原嫁到山沟沟里？至于您怎样将满天星星说转了我不知道，我只知道，您一直与众不同。

　　亲爱的，您一直与众不同，我这样叫，您自然能接受。

我多笨，您都不曾失望

▶ 文 / 笃行

> 人们听到的最美的声音来自母亲，来自家乡，来自天堂。
>
> ——威·布朗

　　我真的不知道一样吃五谷杂粮，一样风吹日晒，甚至坐在一样的教室里，我为什么总比别人笨？还不是一般的笨，是笨得出奇笨得难以想象笨得连自己都觉得羞愧万分。

　　记得巷子里的老人们——她们总是喜欢调侃我——常拍着我的小脑袋说，全巷子里，就你拽，硬硬憋到三岁多才开始走路。听听，一个"憋"字，能感觉到大伙儿目光里的焦虑与期盼吧。可没有那时记忆的我求证般问妈妈时，她却笑着说："我娃不是走得迟，是想看清楚了再走，一走就走得很稳当。"

　　是因为骨子里的慵懒而不屑，还是表达能力真的很烂而难以开口？我一直不喜欢说话，显得呆头呆脑。别人取笑我时，妈妈说："别看我闺女不说话，可心里啥都清楚得很——不说话，话才金贵呢。"上学后，当我第一眼看到"不鸣则已，一鸣惊人"这个成语时，就想到了儿时木讷的自己，也倍觉羞愧，自己何曾说出过"金贵"的话？

或许缘于起步晚，或许真的天生缺乏运动细胞，更多的时候，我是一个人静静地呆着。不是我拒绝热闹，而是我无法融入：我不会抓五子，女孩子们最最喜欢也最能表现其灵巧肢体的一项活动；我不会跳绳，依她们的话说那是腿脚稍微方便的都应该会的活动；我不会踢沙包，她们变着花样前踢后踢静踢跑踢我就是一脚也踢不起来……课间活动时，没有人愿意接受我的加入。

妈妈知道后笑了，说："看来我闺女不爱动粗，是爱使脑子的细人。"不过又说，"入乡随俗嘛，人家动粗咱也不气，妈教你，一准会。"

于是我写完作业，妈妈就拉着哥哥抡大绳，让我试着跳。哥哥拉着脸撅着嘴巴，他那些小伙伴都像野猴子般玩去了，他却必须……抡了几圈，见我丝毫不长进，哥哥就嘟囔起来了："我拿的这端完全可以绑在树上——她不开心，还赔上我？也不知道你这妈是咋当的，总要叫两个娃一起不高兴……"妈妈就依哥哥说的去做，很宽厚地放走了他。

一天，两天，三天……也不见我有大的进步。我站立着，妈妈慢慢抡过来，我可以跳一下。一旦她抡快点，我就手忙脚乱被套住了。我都有些泄气了，便不想学了。妈妈说："没事，哪怕妈也站成一棵树，也要陪我娃练好跳绳。"虽然我不大喜欢运动，但毕竟，学会了。

踢沙包，我照样不会。妈妈就用一截绳子将沙包尖绑起来，让我拎着踢。我说跟幼儿园的娃娃一样，人家会笑话的。妈妈笑了，说："干嘛玩，不就是图自个开心？自己开心就行，甭在乎别人。"见我死活都不接受那种形式，妈妈又开始陪我练习。

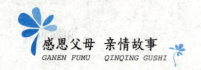
　　记得有一次，我自己在外面训练了很多次，感觉可以接住了，可以给妈妈展示了，就冲进厨房。一脚踢飞，沾满土的沙包稳稳当当地落在了案板上，那会儿，妈妈正在擀面……我吓傻了，那会儿吃一顿麦面真的很稀罕，平日里多是红薯面糁子面玉米面。妈妈却说："没事没事，人呀，就是土虫子，哪个庄稼不是土里长的？"她拎起面抖了抖，揉了继续擀。还给我扮着鬼脸说，"咱俩不说没人知道，吃着一样香。"

　　多年后，我已为人妻。婆婆当着妈妈的面有点不满地说我切的青菜像给牛剁的草时，妈妈笑了，说："好亲家哩，你是不知道，菜切得越碎，营养流失得越多，有些大饭店都不切直接就炒了。"

　　那时，我冲着妈妈一个劲儿地扮鬼脸。

　　一路走来，不管我多笨，妈妈都不曾对我表现出些许的失望。

女儿证书

▶ 文 / 王晓

> 孩子是母亲的生命之锚。
>
> ——萦福克勒斯

豆豆还没出生的时候，我就为做一个好母亲而准备。豆豆穿的第一件毛衣是我织的，她的小衣服我用清水洗了又洗，在阳光下晒得喷喷香。那本《育儿大全》，翻了几遍，其中一些金言玉语：你不是天才，但你可以做天才的父母；不要让你的孩子输在起跑线上。我也能烂熟于心了。

没想到的是，产后大出血，我被留在医院，豆豆被母亲抱回家。那是一段揪心与疼痛的日子。笨手笨脚的老公常常帮倒忙，好在有母亲。她在医院里照顾完我，再回家喂养豆豆。记得一天中午，趁豆豆睡了的功夫，母亲给我熬甲鱼汤。她在厨房里看着砂锅里的汤咕咕作响，居然站着睡着了。等她清醒过来，汤汁已经熬干，砂锅也烧裂了。下午到医院，她很愧疚地跟我说了这事。看着她劳累消瘦的脸，我心里酸酸的，想，等我好了

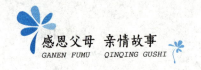
后，一定好好报答母亲。

从医院里回到家，看着女儿白白胖胖的脸，我心里有着说不出的欣喜。虽然遭遇了一点挫折，但我的育儿计划会继续。我相信好母亲不是天生的，但我愿意学习，和豆豆一起成长，一起进步。

豆豆会爬了，她能站起来了，豆豆叫出了第一个"妈妈"，她开始了人生路上的第一步……女儿的一点一滴都留在我喜悦的泪花中，豆豆3岁的时候，已经能背许多首唐诗，会在纸上像模像样地涂鸦……这当然是我的功劳。我在网上下载了绘画的初级教材，一点一点地率先学习。曾无比厌恶做饭的我，为了女儿的营养，跟着刘仪伟学厨艺。

说起女儿的营养，在这一点上，我与母亲常常有冲突。母亲总是把菜熬烂，或者把米饭做得很多，下一顿便要吃剩饭。我说过她很多次了，这么容易的事她改起来似乎很难。还有，她喜欢让女儿亲她，那多不卫生啊！女儿爱玩沙子，母亲就纵容着她，结果，豆豆浑身上下脏兮兮……

虽然我与母亲常常意见不合，可我还是要依赖她。我要上班，女儿在白天由母亲看管。周一至周五母亲住在我家，到了周末，我休息，母亲就坐三四个小时的公交车回老家。她惦记着家里的父亲，而我们一直说服不了父亲来与我们同住，父亲总说不习惯。

对于父母，我心里常常有歉疚。其实我是可以让母亲把女儿带回老家的，可我不放心，我会想念女儿……心里一闪而来的歉疚常常被女儿的笑容所代替，我想：好在豆豆快上幼儿园了，那时候，母亲再"解放"吧。

虽然无比精心地照料女儿，但那场"事故"还是毫无征兆地到来。那天下午，忽然接到母亲的电话，说豆豆的肚子疼。等我赶回家，豆豆已经口吐白沫，不省人事。我对着母亲吼："中午你给豆豆吃什么了？"母亲也吓坏了，颤动着嘴唇，说："吃的芸豆。"我一听懵了，一定是我总让她别把菜熬烂，这一回她真的没把芸豆熬烂，没熟透的芸豆可是有毒的！我的眼泪哗哗地流着，口不择言地说："你害了豆豆。"

豆豆在医院里抢救，奇怪的是，那天医院里还有几个孩子症状跟豆豆的相似。谜底的揭开是在第二天，这些孩子都喝了同一种不合格的酸奶。而这种酸奶，是头一天晚上我从超市带回家的。

而此时，致病的原因似乎不是最重要的，最重要的是，豆豆有惊无险。我抱着又开始说笑的豆豆，喜极而泣。我不知道离开豆豆，我会怎样？那是不可想象的。

豆豆用小手抹着我的眼泪，说："妈妈乖，不哭。"泪水再一次汹涌，我哽咽着，问豆豆："长大后，你会离开妈妈吗？"豆豆稚声稚气地说："不会，我走到哪里都带着妈妈。"

她把小脸贴着我的脸，补充："就像你带着姥姥那样。"

我在一瞬间愣住，想起昨天对着母亲大吼大叫，想起今天早上她来送过一次饭就离开，我甚至没顾得上跟她多说一句话，歉疚再一次涌进我的心。

我一直在全意全意地做一个好母亲，却没有想过我做好一个女儿了吗？我给母亲买过衣服，说实话，那是因为我怕母亲回老家时，老家的人笑话母亲，给女儿看孩子却没有一件像样的衣服；我请母亲坐过游艇，那是因为带女儿去海边游玩时，女儿吵着要坐的，顺便带上了母亲。我对女儿温柔有加，对母亲却常常不耐烦……其实我是想做一个好女儿的，可这种想法总是停留在心里。一直认为自己可以拥有一纸合格的"母亲证书"，却没想到，我做女儿及格吗？

把女儿安顿好，我决定回家向母亲道歉。家里静悄悄的，母亲不在家，桌上有一张白纸，上面有母亲的字迹：我回老家了，过两天再回来……

没有责备，没有报怨，简单的几个字，有的只是责任和看不见的爱……我的泪水再一次涌出，打湿这张看似再平常不过的白纸。

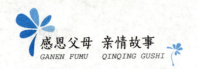
让我爸爸每天赚 50 元钱吧

▶ 文 / 王晓

> 　　拥有思想的瞬间，是幸福的；拥有感受的快意，是幸福的；拥有父爱也是幸福的。
>
> ——琼瑶

　　这是一个贵族式夏令营，招收的多是有钱人家的孩子，虽价格不菲，但物有所值。夏令营为期 20 天，每一天都安排了许多丰富多彩的活动，比如旅游、参观、篝火晚会、玩沙滩球等。有老师 24 小时值班，我便是其中一位。

　　第一天安排宿舍，我发现一名学生很出众，他主动帮助其他的孩子井然有序地找到自己的床铺。我看了一下他的资料，王伟，8 岁，二年级，来自城郊的一所小学。我在他的名字下划了一条横线，安排他做了 511 室宿舍长。

　　这位宿舍长果然不负我望。当天晚上，我去办公室的一会儿功夫，

511室就有两个孩子打起来。王伟冲过去拉架，却被一拳打在脸上，王伟的鼻血当即流出，有人吓得哇哇哭起来。我赶到制止了争闹，批评了打架的孩子，给王伟擦鼻血，要带他去医务室看看。王伟用手抹抹鼻子，说，老师，没事，不用看了。我还是不放心。王伟说，要是再流血的话，我就去找您。我点点头，许多孩子常有的傲娇之气，在王伟这里却看不到。我对这个孩子，便多了几分喜爱。

接下来的日子，被各种各样的活动填得满满的。到了晚上，孩子们有些疲惫，有的孩子早早地上床睡觉；可也有的孩子嘤嘤哭泣，想妈妈要回家。想家也有传染性，一个孩子哭泣，往往其他的孩子也跟着哭起来。

为防止这种情况，我在睡前的一段时间，安排孩子们围坐在一起，讲故事，表演节目。我又发现了王伟的一个优点，他口才极好，讲起故事来头头是道，尤其是讲《三国演义》，目光炯炯，声情并茂，我都听得一愣一愣的。我问，王伟，这些故事是谁讲给你听的？王伟说，我自己看的。

我表示不相信，一个8岁的孩子自己看得懂《三国演义》？王伟说，我有全套的《三国演义》连环画，我爸爸买的，100多块钱呢！他有些骄傲地扬了扬头补充说，我家里的课外书，是我们班同学中最多的。我点头，笑了。有钱就是好，有钱可以买到最多的课外书，可以参加最好的夏令营，接受最好的教育。如果我小时候生在一个有钱的家里，或许现在会更有出息吧。

那天参观一家集团公司，参观前，我给孩子们讲了这家公司的发展史：它由一个亏损的小厂，在改革的浪潮中，抓住机遇，迅速发展，几年的功夫，便发展成全国知名企业。孩子们听得眼睛亮亮的，不住地点头。虽然对这家集团公司有一些了解，可参观时我还是眼前一亮，那些现代的设施，现代的管理，全副武装高效工作的工人，都让我暗暗叹服。

晚上，我对孩子们说，大家讲讲今天的感受吧。有孩子说，长大了，我也要有自己的公司，赚很多很多钱；有孩子说，我要成为比尔·盖茨那样的英雄。对于孩子们的雄心壮志，我微笑地听着。轮到王伟发言了，我期待地看着他，不知这个优秀的男孩会说些什么。

他低了一会儿头，抬起时，语调有些缓慢，他说，今天参观时，真热啊，我的后背都湿了，可我心里很高兴。我想，今天我爸爸又可以赚到50元钱了。我希望，我爸爸每天都能赚50元钱。

孩子们没什么反应，我却一愣：一天赚50元钱？要知道，参加这个夏令营，每天的费用在200元以上。

我问，王伟，你爸爸是干什么的？

有孩子抢着答，老师，他爸爸是卖冰棍的。一群孩子嘻嘻笑起来，重复着，他爸爸是卖冰棍的。王伟一言不发，小眉头紧锁着。

我认真地打量一下王伟，他短衣短裤，衣着朴素，不像周围那些孩子一身的品牌套装。我问，王伟，为什么要每天赚50元钱？

王伟说，因为我爸爸赚到50元钱时，就会笑呵呵的，很高兴。

我笑了，鼓励他，王伟真孝顺。心里却有诸多疑惑，日收入不过50元钱，却将孩子送到这个夏令营，因为迁就？溺爱？还是别的？

20天的时间很快过去了。20天里，孩子们开阔了眼界，增长了见识，各方面的能力都得到提高。把他们一个个送到家长手里时，我的心里已有了不舍，孩子们欢笑着扑到家长怀里。此时，校门口的各类高档轿车，早已排成长龙。我看见王伟像只小公鸡似地伸长脖子，焦急地在人群中搜索着。

我也帮他搜索，看哪一个更像他父母。可直到其他孩子都送走，只剩下他一个时，他的父亲才匆匆赶来，额头淌着汗，脸上黝黑黝黑的。

我如释重负，送走最后一个学生，我的假期任务完成了，我也可以离校了。我跟在他们身后，同行一段路。

路上，王伟拿出两张奖状给父亲看，一张是优秀宿舍长的，一张是自立小明星的。他父亲一个劲对我说谢谢，我说，王伟是个好孩子呢。想了想，又说，王伟说，他希望爸爸每天都能赚多多的钱。

男人憨憨地笑着，用手摩挲着王伟的头，说，我自己没多大本事，苦点累点都不怕，就怕自己的短见，限制了孩子的视野。

王伟仰着头，充满敬意地看着父亲。一幅美好的父子图！我心里一热，有话却没有说出来：培养一个优秀的、懂得感恩的孩子，他每天的收入，岂止是 50 元钱啊！

这事你别告诉别人

▶ 文／王晓

> 父亲期望儿子比自己更加无可指责，这是无可指责的。
>
> ——普劳图斯

小时候，他天资平平，一直是大家眼里的差等生。一天，父亲把他叫到书房，父亲点燃一支烟，眯着眼睛看了他一会儿，问："你觉得爸爸算不算成功？"

他想都没想地点点头。父亲在镇里的机关上班，是村里为数不多吃公家饭的人之一。父亲的话不多，可村里人见了他，都尊敬三分，就连村长，也对他点头递烟的。

父亲颔首："你看，狗剩他爸，和我一起长大的，小时候特别聪明，可是现在，他们家连饭都吃不饱。"

父亲吸一口烟，一字一顿地说："今天，我要把成功的秘诀告诉你。"

他挺了挺身子，准备洗耳恭听。

父亲却停住，说："要不，我先告诉你表弟吧。"

他跟表弟同岁，关系极好，可潜意识里，他却不想输给任何人。好胜心一下子激发起来，他大声说："不！您先告诉我。"

父亲严肃地说："好！这事你别告诉别人。"他郑重地点点头。

然后，爸爸说了两句话：第一，做事要认真；第二，决定做一件事，就要有毅力坚持到底。

他把这两句话，牢牢记在心里。

他确实照着父亲的话做了。很快，大家看到了他的进步，他成了一名闻名全省的大律师。可随着年龄的增长，他发现，不管从老师那里，还是在书本上，类似的"金玉良言"比比皆是，可大家往往是一个耳朵进，另一个耳朵出。可为什么偏偏是爸爸的话对他起了作用呢？

当有一天，他发现，作为镇机关办事员的父亲算不上多成功时，他对父亲，就有了更多的感激。这个世界真的没有轻而易举的成功，成功这粒种子，往往就在爱的土壤里生根发芽。

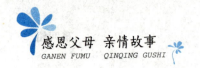

母爱如此精彩

▶ 文 / 振坤

> 没有母亲，何谓家庭？
>
> ——艾·霍桑

同事出差提前回来，就是为了观看她女儿瑶瑶的节目表演。那天下午，她对我说，你也去看吧，顺便，给瑶瑶多拍几张相片。

舞台设在幸福公园的一块开阔地上，台下坐满密密匝匝的人群。离瑶瑶的节目时间还早，我和同事在舞台的一侧找了个台阶坐下，买来零食，边吃边聊。

节目很丰富，唱歌、跳舞、相声、武术，台下不时爆发出欢笑声与掌声。台上台下气氛热烈，看起来比央视的春节晚会还要火爆三分。不时有家长波浪一样涌到舞台前，抢着给孩子拍照。

我看了看时间，两个多小时过去了，瑶瑶的节目还没开始，心里有些着急。

正东张西望着，同事猛地拉我一下，说，快！瑶瑶上来了。在美妙的音乐声中，一群孩子踏着节拍，手舞丝带，像一片彩云一样飘上舞台。我和同事立即兵分两路，以最快的速度，占据舞台两侧，拿出相机开拍。

让我感到好笑的是，瑶瑶并不是舞蹈天才，她的舞姿有些生硬，节奏感不强，有时候甚至会忽然停下来。可我不敢疏忽，全副精力集中起来，可拍照还是有些困难。这群孩子统一装扮，瑶瑶站在队列后面，队列的形状又不断变幻着，我按下快门的时候，拍下的往往是别的孩子的身影。

正为难着，我忽然发现瑶瑶的妈妈，一个箭步跳上舞台。她在舞台边上为瑶瑶拍照。但很快，就有工作人员来把她赶下去，如此反复了两三次。我不禁掩住嘴笑，这位同事平时极安静，甚至有些腼腆，这时候却变得如此勇猛无畏。

瑶瑶的节目持续了十多分钟，终于结束了，我吁出一口气。同事跑过来，我们交流着看彼此相机里的相片。她照了很多，我的却很少，我有些惭愧，她却一谢再谢。

这件事过去我也就忘了。我知道瑶瑶的相片太多了，舞台照，生活照；吃饭时照，豁了牙也照。同事的电脑桌面上，瑶瑶无时无刻不在盈盈而笑。

直到一天，在同事家的客厅里，我看到一张挂历，当时就愣住了。

挂历是用瑶瑶的相片做成，就是那天晚上瑶瑶的演出照。挂历上，瑶瑶飞跃而起，一只小手努力向前，一条火红的丝带飘在前上方。瑶瑶望着红丝带，脸上是希望，是快乐。她就像一只小鸟，欲展翅飞翔。

我看得呆了。如此精彩的镜头，除了专业摄影师，只有她，瑶瑶的妈

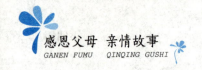
妈才能抢拍得出来吧。在我看来，那么平凡的晚上，那么平凡的演出，在她心里却折射出如此不平凡的光彩。在女儿一生的成长中，有多少这样精彩的瞬间，在她心里定格呢？

我的心里慢慢涌出一阵感动。是谁说的，我们生下来的时候，一无所有。其实不是，我们一生下来，便拥有了父母的爱。这份爱，精彩到足以让我们的人生，自信勇敢，与众不同。

在如此美妙的挂历前，我的眼睛无法不潮湿。

老来福

▶ 文 / 振坤

> 回到父母身旁，看着儿时的照片，更觉得往事如昔，光阴似箭。但愿我们能多花时间陪陪最爱的亲人。
>
> ——陈雨黎

　　父母都退休了，退休金不薄，这让我很是欣慰。父母年轻时受过很多苦，特别是求学的时候，饱经艰辛。至今他们讲给我听，还唏嘘不已。我安慰他们：老来有福才是真正的幸福，你们就好好享受生活吧。

　　可我发现，他们真的不会享福。

　　蔬菜总是买不太新鲜的，冰箱里的鱼虾，如果我们不回去，他们决不会动用一点。母亲的手腕疼，洗衣服很不方便，我建议买台洗衣机，母亲却坚决不同意。她说，洗衣机费水，那得多花多少水费啊！宁可忍痛，也要省水费，这真让我无话可说。

　　特别是那次回家，看到他们正在吃饭，饭菜一定是前天剩下的，明显

变味。我忍不住地发了火，把剩饭菜倒进垃圾桶，叫了份"外买"。可母亲面对美食却迟迟不肯动筷，她说，这多贵啊！

郁闷之下，我回家的次数就少了。其实回家少的真正原因，是因为太忙了。不是工作忙，我所在的公司，半死不活的，常常连续几个月发不出工资。稍微有些本事的同事，都另谋高就了。之所以留下来，是因为我另有想法。这里工作清闲，我有大量的时间用来学习。我的想法妻倒是支持，她说，你就学吧，我这点工资，还够咱俩吃饭的。有了她的支持，我愈发地两耳不闻窗外事，手机常常整天关着。

那个初冬的夜晚，我在书房里奋笔疾书，忽然听到轻轻的敲门声。妻开了门，惊呼：妈，您怎么来了？母亲的声音：这钱，给你们交暖气费的。我赶紧出来推辞：我们怎能要您的钱，暖气费已经交了。可母亲说什么也不肯收回，推辞中，她不住地生气：你们弄疼我手腕了。

送母亲回去，路上她问我，你这个月的工资发了吗？我连声说，发了发了。她叹口气，老是骗我，楼上的胖刘说了，你们都三个月没发工资了。胖刘是我的一位同事，我只好悻悻地笑。母亲说，我的钱花不了，留着有什么用？你们大冬天挨冻，我能安心吗？

冬天终于过去，春暖花开的时候，我跳级考取了本专业的高级职称。再过一个月，我跳槽去了另一家公司，这家公司的薪水，比原来的翻了近十倍。

那个周末，我和妻回到父母家。父母得知我的好消息，乐得合不拢嘴。母亲当即拉着妻去了一趟超市，回来时两人手里大包小包拎着的，全是最新鲜时兴的水果蔬菜海鲜以及肉类。我们家过年也没有这么高兴过。

下一趟回家，我发现卫生间里多了一台洗衣机。为了母亲的洗衣机，我专门去商场考察过。我知道，母亲的这台洗衣机，功能最齐全，样式最新颖。这让我倒吸一口气：乖乖，这比普通洗衣机多花的钱，能抵多少水费啊！

前不久，父母和一群老年朋友结伴去东南亚旅游。回来后，向我讲述当地的各种风情，展示各种纪念品。他们说着，笑着，脸上的表情生动活泼。我听着，看着，慢慢的，眼睛有些模糊：父母从来就不缺少享受幸福的能力，只是，当他们认定儿女生活得不够幸福时，他们怎么也不肯安心享受自己的幸福。

老来福，原来也包含了儿女的幸福。

背楼的父亲

▶ 文 / 琪琪

> **父亲的德行是儿子最好的遗产。**
>
> ——塞万提斯

装修新房，联系好了建材，但货物送到的时候，太阳已经高高挂在了头顶。拉货的师傅在楼下向我招手，我怒气冲冲往楼下赶。我冲他发火。他陪着笑脸解释，风大，货不好拉，走得慢。

我余怒未消，吵着说下午还有事出去，这么晚，让我下午怎么做别的事情。他并不生气，一面带笑给我配货单让我验货，一面应承马上找人背楼。

他开始打电话，一个个电话打出去，很快，我发现他刚才还堆笑的脸，渐渐转为不悦和失落。

什么？忙……来不了……你也有活儿在做……那，那，算了……

电话打完了，他垂头丧气。

我失望极了，摆手让他离去。他忽然精神振作起来，别怕，我背。

你行吗？我用怀疑的目光上下打量他，他脸色白净，头发乌黑油亮，一米八的身高，着一身整洁的笔挺西装。

无奈，对照着验货单我一样一样查验货物，又商量好背楼的价钱。满满一车的货物，堆得像座小山。他一脸喜悦，在我狐疑的目光中，他搬卸货物开始背楼。在他离开的瞬间，我偷偷尝试一下他所背货物的分量，放在肩头，走上两步，然后呲牙咧嘴地放下，再轻轻揉揉肩膀。

在我看来，他怎么看都不像是专业的背楼工人。果然，来回背了几趟货物后，他站在楼道里背靠着墙大口喘气，胸脯一起一落得像个大风箱，额头的汗淋淋滴滴地淌下来。在弯腰的瞬间，将楼道的地面滴滴答答地打湿一片。

四月的天，已经热起来。他跑上跑下，汗很快湿透衣衫，连头都冒着热气，极像一个揭开盖子的大蒸锅。

不久，他上来喘气休息，不好意思起来，说等背完还要一些时间，你先回去吃饭吧，我搬完了给你打电话。

看他真诚的样子，我就下楼走了。

小区外面不远处就有一家小饭馆，我走进去，坐下来要了啤酒小菜慢慢吃起来，大约一个小时才离去。回去时走到楼梯口又遇见了他，此时，他早已累得不像样子，一米八的身子驼成了矮子。汗渍横七竖八地画在脸上，上起楼来东摇西晃，像散了架的推货车。我伸手帮他，他却摆手让我上楼等。

我看着他有些心疼，为了背楼他已经干了一个多时辰，至今还饿着肚子。在他上楼将货物背进屋子里的时候，我劝他休息一下。他依旧斜靠着墙大口喘气，随手拉下脖子上已经黑了的白毛巾，轻轻抹去脸上的热汗。

我和他搭讪，师傅，生意好吗？他说，还可以。我说你拉货还背楼？他说，是，现在谁家拉货不背楼？也算是顺道的生意，一并做了。我说，师傅，你今年四十几了？他忽然一惊，说，哪呀，五十多了。我说，不像，真不像。

他笑了，说别不信，我孩子都上大学了。他忽然开始感慨起来，要不是为了孩子，谁会做这苦力活？他和妻子原来在市里一家机械厂工作，坐了三十多年的办公室，没想到要退了却下岗了。这不，孩子都上大学了，不干行吗？

那天，他干干停停，直到下午两点方才干完。走时我多给他十元，他坚决不收。他下楼，我送他，眼眶湿漉漉的。

他走后，我开始收拾东西准备下去，忽然发现他遗落在窗台上的手机，跑下来叫他，他已经望不见了。我开始用他的手机和他的亲人联系，拨出去，才知道电话停机了。

莫非，中午他打电话的那一幕，只是一场表演给我看的戏？

果然，在通话记录中，我看到，他最近一次通话时间定格在 20：32。

我笑笑，又摇头，满腹酸涩。我忽然间想起了自己的父亲——我上学的时候，父亲，和他，一样地拼命。

藏在心底的话

▶ 文 / 燕子南飞

> **谁拒绝父母对自己的训导，谁就首先失去了做人的机会。**
>
> ——哈吉·阿布巴卡·伊芒

年少时，我们有许多藏在心底的话，无法向父母言说。多年之后，当我们成了别人的父母，才恍然发觉，身为父母的他们，一样也有着藏在心底的话难以言表。那些藏在心底的话，是无奈，是心酸，也是一种体谅与温暖。

一

十二岁那年，你第一次离开父母来到学校寄宿，开始忙碌的学习生活。只有在每个周末，急匆匆回家一次，拿换洗衣服，带一些干粮，然后又急匆匆地返校。

中午吃饭的时候，一家人聚在一起。这时，父亲闪烁不定的眼神总会在你身上扫来扫去，然后，试探着问你一些问题，譬如近来学习怎样，在学校吃饱没有，学习重身体吃得消吗等等。他声音不高，说得也极随便。

他说话时，你把头埋在碗里把饭吃得山响，偶尔也会抬起头望他一眼，怯怯地点点头或摇摇头。如若没回应，父亲便不再追问。你向他点头或者摇头的时候，父亲反而会紧锁眉头，望着面容憔悴的你，在脸上打几个问号。

你曾鼓起勇气，想把藏在心底的话说给父亲听，可努力几次都以失败告终。想想也是，那么多难以言说的苦，说了，父亲能理解吗？学习怎样，能说吗？说得清楚吗？今天说好了，明天考试排名落后了怎么办？熬夜的苦，能说给父亲吗？你熬夜学还学得这么烂，谁信？！学校的伙食怎样？不怎样又能怎样？不好，大家不还照样吃。照出人影的稀饭，告诉父亲听，难道学校会听父亲的话把稀饭变成稠粥？

再说，即便说了，却徒增了他几分担忧，何苦呢！

二

二十五岁那年，你离开大学校园，孤身一人在一座大城市漂泊闯荡。简历投了一大堆，才找到一个薪酬极低的工作，每月除掉房租和生活费，手里的钱已经所剩无几。

父母打电话来问你工作的情况，你说，挺好，单位在高级写字楼里，办公室窗明几净，工作轻松自在，薪酬也高。说那些话之前，你刻意从饭店嘈杂的大厅躲进一间无人的雅间，好给自己营造一个宁静祥和的通话环境。

吃的怎样？母亲从父亲手里夺过电话问。

好啊！顿顿都下馆子。你哈哈笑着说。说完你在心底里就笑了——真是绝妙的讽刺！是啊，能不下馆子吗？自己的工作就是在饭店里端盘子。

住的呢？母亲又问。

和朋友合租的三居室，宽敞着呢！你又信口胡言。其实说这句话的时候，你心底泛酸，只想掉眼泪。狗屁三居室，不过是一间没有窗户的地下室，黑暗又潮湿，整天散发着一股熏人的霉味。

交女朋友了吗？母亲的问题又深入了一步，问得你心惊肉跳。

正谈着，现在保密。你假装羞涩地回答母亲的追问。说完，就在心里骂了自己一句。就你？连自己都养不活，还谈女朋友？

你左躲右闪，使出三十六计，好不容易结束了和父母的通话。你大喘一口粗气，斜靠在墙上，眼泪忽然冒出来，流了一脸。那天，你心底藏着多少苦想向父母倾诉，可你想了又想，还是忍住不说。

三

三十四岁那年，你终于在你奋斗的那个城市买下一座房子，娶下一个娇妻。

买房子的时候，你手边的钱连首付都还差一大截。想了好久，你第一次向父母张口借钱，打电话的时候，你吞吞吐吐欲言又止。父亲却在电话那边笑了，有啥事，快说！

你把自己的事儿跟父亲说。父亲哈哈一笑，说，我当啥事儿，没问题，过两天就把钱给你汇去。果然，很快父亲就按你的要求，把钱汇了过来。父亲在电话里还说，你放心，钱都是为你娶老婆攒的呢，不够，家里

还有，别不吭声！

父亲的话语让你有种贴心的温暖，你噙着泪水，笑着把电话打完。

婚后你回家看望父母，站在门口，却发现家里锁着门。跑到棉田，两个花白的头正淹没在白茫茫的棉田里。你看见他们弯腰驼背的身影在棉田里起起落落，忍不住，再一次让自己泪流满面。

那次回家，你得知，为给你买房子，父母卖了猪，卖了牛，卖了院子里的树，卖了家里的粮，还借了一屁股外债。为了还债，已经年迈的他们又租了村里十亩地，种上棉花，整日忙得不可开交。

原来，父母和你一样，有难以言说的苦。

四

你四十五岁那年，父亲七十，母亲六十七。

某天早晨，你站在城市街口，望着红灯焦急万分。那天，你撂下单位一摊子烂事，请了假，急匆匆去赴家长会。现在的你总是一副焦头烂额的样子，想起单位的烂事，你就头疼，怎么有那么多干不完的事？再想想自己的混蛋儿子，你就来气，每次开家长会都会因他挨老师一顿狠批。

你叹着气，一路上提心吊胆，怒气冲天，心想，要是再挨老师的批，回家非扒了他的皮不可。那天的家长会老师说了孩子许多不是，你坐在下面脸红耳赤、无地自容。

那天晚上，你早早回了家，在家候着，准备一泄胸中的怒气。你左等右等，儿子却像是有意躲着你，很晚才回来。敲门进屋的时候，他小心翼翼的样子让你既生气又怜爱。

你把儿子叫到面前，一双怒目在他身上扫来扫去，然后生气地问，最近学习怎样？作业都写了吗？考试考得怎样……儿子看着你，缩着脖子，怯怯地看，一会儿点头，一会又摇头。

望着他，你想起了12岁的自己，内心一阵酸涩。你知道，此刻儿子心里一定也隐藏着许多难言的苦，无法向你说，如同当年的自己。倏然间，你的目光变得温和起来，一只大手探出来，拥儿子入怀。

那天晚上，你拉儿子出去散步，谈心。途中，你忽然想起了家乡的父母，便把电话打过去。

电话响了很久，父亲才接，你问他在忙什么。

在外面遛弯呢！刚吃过饭，锻炼锻炼身体。父亲笑哈哈地说。

那妈妈呢？

在家看电视呢，不是婚姻大战就是婆媳大战。我都快烦死啦，你妈却看得美着呢，一边看还一边嘀咕，要是儿子和媳妇在身边的话，是不是也会上演这样的大戏。

父亲的话让你既欣慰又无奈。为了不给你添麻烦，你几次邀请父母过来住一阵子，可他们都找种种理由拒绝了。你知道，他们体谅你负担重，怕给你添麻烦。

你点点头，又摇摇头，满腹酸涩。

或许，你永远不会知道。那天，母亲病了，在诊所打着点滴。打电话的时候，父亲正提着盒饭颤巍巍地走在通往诊所的路上。可这些，父亲又怎会告诉你？！

父爱如山

▶ 文／燕子南飞

> 父亲！对上帝，我们再也无法找到一个比这更神圣的称呼了。
>
> ——华兹华斯

那天，朋友给我讲了一个故事，是关于父亲的故事。

山上有一对父子，父亲年过半百，儿子刚刚成人。儿子是父亲抱养的。儿子19岁那年得了一场病，全身无力，人也日渐消瘦。父亲背着儿子赶了十几里的山路，来到县城医院为儿子看病。

医生认真检查后发现，儿子得的是一种癌症。医生悄悄地告诉父亲："这病无药可治，孩子最晚熬不过今年冬天，赶快回家准备后事吧。"父亲听了满腹酸楚，告诉儿子没有什么大病，开些药，假装开心地背起比自己还重的儿子上路了。然而，这一切瞒不过儿子，因为医生和父亲的谈话都被儿子听得真真切切。

回家的路上，父亲望着秋叶飘飘，心中痛苦万分。儿子望着父亲忽然激动地说："爸，我熬不过今年冬天了，你今后可怎么办呢？"听到儿子已经知道了自己的病情，父亲的心中一阵恐慌，半夜里，父亲辗转反侧。

第二天天一亮，父亲就出去了。回来时，儿子见父亲抱回来许多旧报纸。父亲开始忙碌起来，他告诉儿子天凉了，该把门窗用纸糊糊了。儿子发现，靠近床边的那扇窗户被糊得厚厚的，密不透风，连外面的人影都看不到。

一天，儿子从收音机里听到下雪的消息后，轻轻地告诉了父亲。父亲刚才还微笑的脸上，忽然布满了乌云。

有一天，外面刮起了大风，儿子听广播中说外面已经下雪了，要出去看雪。父亲执意不让，说："还没下雪呢。"说着拉开门，果然儿子透过门缝看到院子里地面是干的，空无一物。儿子的心忽然安定下来，父亲变得快乐起来，再后来，这样的事又发生了许多次。

一天夜里，儿子趁父亲睡着的时候，悄悄挪动着无力的身体，推开屋门来到院子里，他惊讶起来——怎么看不到夜空。他又吃力地推开院门，忽然远方一片白光映入眼帘——那不是雪吗？

天亮时，他看清楚了那是一片还未消融的积雪。回到院子里，他发现院子被一个宽大的油布盖着，就像人头上戴着的一顶帽子。这时，父亲告诉他："冬天已经过去了，现在已经是春天了。"儿子忽然明白了一切——这个冬天不正是被父亲藏起来了吗？

听完故事后，我落泪了。每次望着父亲，我就会想起那个故事，自己的父亲不也有山一样的脊梁和胸怀吗？他何尝不是用自己的生命包裹住我的冬天，让我迎来一个又一个生命的春天？那个故事，我问朋友叫什么名字，朋友说没有名字，是听一位老人讲的。我说："就叫《父爱如山》吧！"朋友听了满意地点了点头："就叫它《父爱如山》。

尘世里最美的相守

▶ 文 / 吉安

父亲是一个银行，发行知识，支付爱。

——马英九

　　楼下的小饭馆里，常会看到一对相扶相依来吃早餐的父女。父亲满头白发，走路蹒跚，大约，有 70 岁的样子。做女儿的，30 多岁，却是神情羞怯，视线卑微，基本，略略智障的她，除了父亲，是不会与任何人对视相聊的。

　　他们每次来，都坐在最靠角落的位置。老板显然已经与他们相熟，假若他们未到，有人要坐那里，他即刻会阻拦住，为客人另寻坐处。即便是他们不来，那位置也会空着。有人便提意见，说，他们又没有买下来，何故不许别人来坐？况且，他们来了，现起身相让，也不为迟。老板对这样的争执，并不做解释，只说，让他们坐在那里，不被人扰地安静吃一顿早餐，也算你我行一件善事。所以，大家还是体谅一下吧，实在心里憋屈，就当成老板我包了不成？

　　这个位置，自此，便少有人再争。这对父女，当然不知道背后的摩擦，每天清晨，做女儿的，像个小女孩，打扮一新，要么躲在父亲身后，要么低头挽着他瘦弱的胳膊，从家里行至饭馆。一路上，总有人朝做父亲的打招呼，说，身体还好吧？父亲总是微微笑着，点头简洁地道声好，便少有言语。这样日常的问好，对于做女儿的，却似乎是种煎熬。每每有人看过来，她便将头埋得更低，就像一朵敏感柔弱的含羞草。

　　所幸从家至饭馆的距离并不算远，大家都忙着上班，晨练，排队买早点，无暇他顾。这倒让做女儿的一路可以欣悦地赏赏风景，偶尔还会细声细气地问父亲一些天真的问题。这样安静地一程行走，对于他们，是种幸福。父亲满足于女儿一脸稚气的提问，似乎，她单纯的信赖和倚靠，让这个老到无用的男人，又成为年轻时那个顶天立地的大丈夫。而女儿，则始终像靠着一座坚毅挺拔的大山，她的智力，或许尚不能明白生老病死乃是人生的一种自然，亦不能想象假若有一天，父亲离开了她又该如何生活。她只是安然享受着这样每日有父亲相陪的散步，享受在拥挤的饭馆里，父亲为她掩住人群的视线，又将韭菜花细细洒在她的碗中。

　　我曾经仔细观察过他们吃饭时的神态。父亲慈祥，和蔼，牙齿不好的他，嚼蒸饺的时候总是很慢，就像一个电影里抒情的慢镜头，时光在那一刻，有感伤的静寂。他显然已经老了，老到拿汤匙的手都显出迟钝。但他并不会忘记帮对面的女儿搅搅热烫的豆浆，或者给她的小碟里，倒一些辣酱。他还随手带着她爱吃的腐乳，看她像个几岁的孩子那样，用一根筷子蘸一蘸，而后放到口中用力地吮吸干净，然后总会怜爱温柔地笑笑。

　　而女儿，总有一个剩饭的习惯，每每吃到一半，便任性地将碗推到父亲面前，看父亲一口口吃下去了，才心满意足地绽开笑颜。她吃饭快，吃完了便像听课的小学生似的，安安静静地坐着，等着父亲。吃不完的油饼，她还会用自己带的饭盒盛起来，放入军绿色的书包里。自始至终，她

的视线，都不会离开父亲，就像，那里是一个安全的港湾，一旦驶入，她一生都不愿离开。

我从未见过女儿单独出来过，但饭馆老板却给我讲了一次例外。是去年的秋天，父亲下楼为女儿买饭的时候，不幸跌落楼梯，小腿骨折。尽管请了护工，女儿不必担忧，但那天她却例外地出了门，到饭馆里，要父亲喜欢喝的豆腐脑。老板知道她怕人，让她去角落里坐等，她却执拗地不肯去。她就那样低头站在人群中，被许多人有意无意地看着，脸上是努力要隐藏住的慌乱和惊惧。老板很快地将父亲爱吃的早餐打包，交给女儿。女儿接过来，看了一眼，并没有转身离开，而是低低地恳求老板：能不能，多加一些韭菜花？老板当即心底一软，拿了一个小袋，温柔地拨了大半的韭菜花进去。

老板说，究竟还是做女儿的，尽管智障，却记得做父亲的最喜欢吃韭菜花。而那样一个恳求，几乎让老板这个粗心大意的东北汉子，差一点就流下泪来。

听说，曾经有人好心地要给女儿找个人家，这样当父亲不在了，也会有人照顾。可是做女儿的把自己锁在屋里，绝食许多天，直到父亲答应不将她嫁出，她才乖乖地再次跟父亲下楼。这个日渐老去的父亲，在老伴走后，本可以跟着南方的儿子去安享晚年，但却因为女儿始终不肯离开北京，而拒绝了儿子的孝心。他宁肯自己一步一歇地下楼买菜做饭，也不愿丢下这个完全将他当成臂膀倚靠的女儿。

这对父女的彼此相扶，对于外来居住的人，或许只是一道残缺的风景；而对于经年居住此地的人，则是一种幸福的彰显。没有人，能够像他们那样，给予我们如此生动细腻的爱的启迪，每一天，看到他们出现在小区的花园里，人们的心底便会品出真实恬淡的幸福。

而我们居住的尘世，亦因此，始终值得我们留恋、珍惜。

牵 挂

▶ 文 / 王一帆

> 人最终总要离开母亲。
>
> ——贺拉斯

寒流在一夜之间，袭击了这座北方的城市。

早上起来，外面的雪花已是铺天盖地。一位母亲，坐在电话旁，开始拨儿子的电话。前几天儿子来过，穿一件没有帽子的外套，母亲说，天冷了，去买一件带帽子的羽绒服。儿子说，好。母亲想知道，带帽子的羽绒服，儿子买了没有。

电话却一直打不通，传来的，是关机的声音。母亲坐不住了，在客厅里不停地转悠，这么恶劣的天气，怎么会一直关机呢。她的脸开始变得浮肿，她一着急就这样。那天，家里的暖气很热，她却感觉不出一点温暖，她的眼里，全是肆虐的雪花和呼啸的北风。她急得一天没吃下东西，电话拨了又拨。

　　一直到傍晚，电话才通了。母亲急急地问，带帽子的羽绒服买了吗？儿子说，买了。母亲问，冷不冷？儿子说，不冷，穿在身上可暖和了，再冷也冻不透。母亲长长地舒出一口气，心放进了肚子里，她开始感觉到自己的脸，发胀紧绷，很不舒服，她开始用手摩挲着自己的脸。

　　这位母亲就是我的母亲，儿子，是我弟弟。那天，弟弟的手机没电，自动关机，弟弟充电时，忘了开机。直到下班时，拿起手机，才顺手开了机。

　　我对母亲说，他又不是小孩子了，你不必太操心。母亲说，孩子长大还是孩子，操心是由不得自己的。

　　其实，我知道的是，那天，弟弟根本没买带帽子的羽绒服。他接电话时，正走在下班的路上，冻得瑟瑟发抖，他尽量把声音放平，不让母亲听出自己的冷。虽然，他常常忘了回家看看，他总不记得给家里打个电话，可是，让母亲知道自己过得很好，也是他报答母亲的一种方式吧。

最放心的爱

▶ 文 / 王一帆

> 亲情是成长的摇篮，在她的抚育下，你才能安康成长；亲情是力道的源泉，在她的浇灌下，你才能强健成长。
>
> ——佚名

喜欢吃粽子，不仅是端午节吃，一年四季都喜欢吃。我吃的粽子不是超市里买的，而是母亲做的。

隔一段时间，母亲就会打电话来，问："周末回来不？我包粽子。"我的回答通常很干脆："不，我要加班。"

母亲照常会包一锅粽子，然后坐着公交车，送来。

我常常忍不住地埋怨："有坐公交车的钱，超市里也买得到。"母亲说："自己包的，吃着放心。"

这话让我忍俊不禁，超市里的粽子也是粽叶里包糯米，有啥不放心的。可我知道，母亲年纪大了，关节不好，包粽子时，双手泡在凉水里，

事后总要疼痛很久。看着一大包玲珑的粽子，我叹口气，心里觉得，母亲的爱，其实是有些迂的。

中午和同事一起分享粽子，有同事扬扬手里的报纸说："看，识别粽子小窍门。"大家凑上去看，不看不知道，一看吓一跳：粽叶太鲜绿的不能买，温度不达标的不能买，有硫磺气味的不能买……吃粽子还有这么多讲究？大家唏嘘不已。

因了粽子，大家又谈起别的。有人喝了一瓶矿泉水，拉了三天肚子；还有人收到一束鲜花，颜色是染上去的……

谈论完，大家各就各位。我继续低头吃粽子，看着这有棱有角的粽子，心里像掉进一朵小小的水花，有涟漪轻轻荡开。母亲的粽子，吃着最放心吧。对母亲来说，这也是来看我的一个借口；而对我来说，这份不掺杂质的爱，没有犹豫，可以全盘接收。

世上还有没有一种爱，比母爱，更让人放心？